图书在版编目（CIP）数据

她 / 乔叶著. —桂林：广西师范大学出版社，2019.6
ISBN 978-7-5598-1735-8

Ⅰ. ①她… Ⅱ. ①乔… Ⅲ. ①中篇小说－小说集－中国－当代②短篇小说－小说集－中国－当代 Ⅳ. ①I247.7

中国版本图书馆 CIP 数据核字（2019）第 070791 号

广西师范大学出版社出版发行

（ 广西桂林市五里店路 9 号　邮政编码：541004 ）

　　网址：http://www.bbtpress.com
出版人：张艺兵
全国新华书店经销
广西广大印务有限责任公司印刷

（ 桂林市临桂区秧塘工业园西城大道北侧广西师范大学出版社集团有限公司创意产业园内　邮政编码：541199）

开本：787 mm × 1 092 mm　1/32
印张：6.875　　　字数：130 千字
2019 年 6 月第 1 版　　2019 年 6 月第 1 次印刷
印数：0 001~8 000 册　定价：49.00 元

如发现印装质量问题，影响阅读，请与出版社发行部门联系调换。

TA

她

乔叶——

著

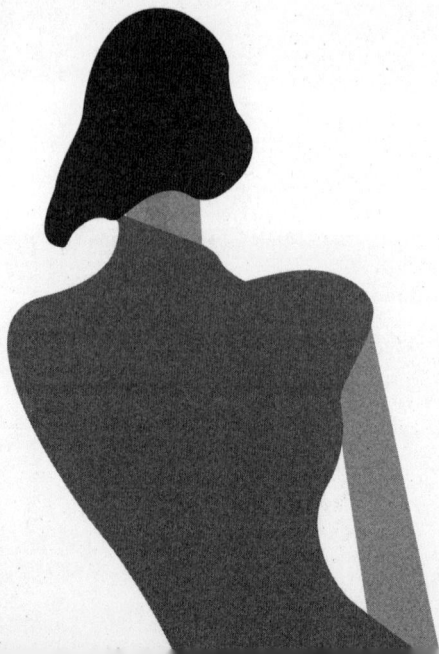

广西师范大学出版社
GUANGXI NORMAL UNIVERSITY PRESS

·桂林·

目 录

走到开封去

走着走着，石就落在了后面。

"慢点儿。"他说。

我尽力放慢，可不知不觉地，不一会儿就快起来。习惯了快，收不住。也许该怪这双耐克，穿着它走路可是太舒服了。轻薄，透气，弹力十足。

石走得慢是不是因为他的鞋不是名牌？

是突然决定的，要从郑州走到开封去。

郑州到开封这条公路，叫郑开大道。很久以前，叫郑汴快速路。据说应该从金水东路和东四环的交叉处算起，全程将近四十公里。去年春天某日，我在一个乱七八糟的场合和一个衣冠楚楚的中年男人聊天，他说他负责的项目都是全民体育，其中有一个叫"郑开国际马拉松"。

"很好玩吧？"我纯礼节性地问。

他喋喋不休地开始宣讲，在他开口的一瞬间，我残存的唯一一点儿好奇心也消失殆尽,假装接听手机,我走开了。这事儿和我没关系,我以前、现在和将来都不会和马拉松有什么关系,我不想为此付出任何一点儿多余的情绪。

当然,我和开封还是有关系的。每年我都会因为这样那样的缘故到开封去一两次——梳理起来,最主要的缘故是吃。我吃过第一楼包子,也吃过黄家包子,相比之下,觉得第一楼严重地名不副实。也在鼓楼和西司吃过各种小吃:锅贴、双麻火烧、炒凉粉、杏仁茶……两年前的一个深夜,我和朋友在鼓楼消夜,抱着吉他卖唱的小姑娘,在邻座男人们的划拳声中清凉地唱曲,近处灯光璀璨,远处夜色沉沉。

马拉松是跑不动了。如果走着去呢?莫名其妙地就蹦出了这个念头。可一个人走,不是那么回事儿——这个念头本来就不是那么回事儿,若真要实施,一个人就更不是那么回事儿。总得找个伴儿。不能多,一群人嘻嘻哈哈走那么长的路,你以为是春游呢。

只要一个就成。这一个伴儿却是不大好找。老公和儿子都不行,都是能躺着就不坐着、能坐着就不站着的主儿。那些娇娇垮垮的闺蜜们,也没有一个能成的,邀请她们只能换来她们的大惊小怪。而且,即使有去的,女人们也总有各种各样可想而知的麻烦。

顶好是一个男人。四十公里的路,按快步走的节奏,一个小时五公里,需要八小时。中间吃饭休息两小时,加起来少说也得十个小时。从早上七点到下午五点,都和这个男人在一起——必须承认,一时间还真挑不出这么一个男人来。

这么胡思乱想一番,便搁置了这个念头。直到碰见石。

两天前才认识了石,在一个饭局里。

一桌十来个人,石的话最少,语速也最慢,似乎每一句都值得用句号或者省略号来间隔语气。

"有一天,"他说,"我去上班。"

你明知道后面还有话说,可他就是不着急,在显而易见的上一句和下一句之间,他仿佛都要沉吟或者思考。待到他说出来时,其实也没有比期待中的质量高。而以这种风格,他的话头儿很容易就从悬崖跌落,消失在众人推起的新话题里,再也不见了。

对此,我曾怀疑自己过于浅薄,也曾怀疑他故作高深。可是,故作高深那么久,也不容易吧。故作了太久,是不是也会接近于一种真的高深呢?

最后到的客人说是因堵车才晚了,大家便聊起了堵车。堵车烦,堵车苦,堵车的话题人人都有兴趣和资格参与,唯有石,只是沉默。有人问他,他照例沉吟了一会儿,说堵车对他从不是问题。

"为什么？难道你不是人吗？"

"我没有车。"他说，"也不会开车。"

"可你总会坐车，坐车就会遇到堵车。"

"那我就下车走。"他说。

"很远的路呢？"

"也走。"他说有一次在高速上碰到了堵车，他就走啊，走啊，从一个服务区一直走到了另一个服务区。

"不会累吗？"

"会啊。"

"累了怎么办？"

"歇歇。"他说。

大家都笑了。又有人问他是不是用这种方式健身，他说不是。我们便自顾自地以鸡汤文的形式问答起来：为什么喜欢走路？因为长着腿啊。为什么喜欢走路？因为路在那里嘛。

他只是笑。

饭局结束后，我送他回家。一路上倒是没有堵车，也无话。只是他那么沉默，总使得我有点儿想逗一逗他。

我突然捡起那个念头来。

"我们什么时候一起走一次长路吧。"

他看了看我，笑了一下。

"走长路？"

"嗯,走长路。"

他点点头:"好。"

"周日?"

"好。"

到了他家小区门口,我刚刚把车停稳,一个穿僧衣的人从车边悠然而过。那个僧人中等身材,青黑头皮,旧灰的僧衣,背着一个褡裢。

石的视线跟着那个和尚的身影,跟了很久。直到那个身影消失在人流中。

"和尚有什么好看?"

"这是一个云水僧。"

"什么是云水僧?"

"就是游方和尚。"

"你倒认得清。"

"八岁那年就认得了。"

我还想问点儿什么,一时间却没想好要问什么。再一看,石已远去,还是没想好要问什么。

早上,在金水东路和东四环交叉口的东北角,我们接上了头。

"走吧。"他说。

方向是东。太阳正在面前一点一点升起。

我对他提议向东的时候，心里已经预备好了，他若问为什么要向东，我便说东为上，是大吉方向；还要说东方红，太阳升。

可他什么都没问。

"好。东。"他说。

我有些失望。

"到开封吧。"

"好。开封。"

我便知道，他是不会再问什么了。

于是就只有走，一步，一步。

一个人走路，是一件最寻常的事。两个人走路，似乎就有些不寻常。说不寻常，其实大街上并肩而行的人比比皆是。或者交头接耳言笑晏晏，或者勾肩搭背狎昵无间，又或者悠游漫步相契安然。

只是此刻，和石走路，我却觉出了不寻常。

因他走得真是慢，一步压着一步，仿佛每一次下脚都会踩死一只蚂蚁或者踩扁一朵鲜花似的。和大道上飞驰的车相比，这种慢深沉得很带样儿，简直有点儿装大师了。

有必要这么慢吗？我实在走不了这么慢，总是忍不住就快起来。待到勉强慢下来，和他并肩时，听着彼此的呼吸声，又觉得不自在。

那还是快些走吧,把他落在后面。

"要不要喝水?"他问。

我不要喝水,但是我停下来,等他靠近,递给我一瓶水。他背着四瓶水。上午两瓶,下午两瓶,应该够了。不够也没关系的,难道郑开大道上还没有卖水的吗?

车很多,前后望望,一辆紧着一辆,一辆辆地从我们身边"刷"过。路面几乎没有消停的时候。这些车里的人,匆匆忙忙的,都是去做什么呢?

太阳一点点地爬高了,变得越来越炽白。汗水开始流下来,在衣服上浸出形状。沿路的绿化带尽是树,开车的时候觉得这树很密,走路的时候才发现稀疏之处很多。

我们从一团树荫走到另一团树荫。

"这些树,你认识吗?"

我百无聊赖地摸着树干,一棵,一棵。

"认识。"

"都认识?"

"嗯。"

"都是什么?"

"有银杏、雪松、刺槐、毛白杨。"

"这个我认识,柳树!"

"馒头柳。"

碰上这么淡定的人，总让我有些气急败坏。我加快了脚步，又把他甩到了后面，越甩越远。走了好一会儿，我才回头，发现他不见了。

我告诉自己要镇定，但还是有些慌张。他去哪儿了呢？

"喂！"

"喂！！"

"喂——"

像个傻子一样，我对着身后的空气喊。

忽然觉得，他像一个秤砣。本来闷闷沉沉的，让我很不舒服。可当秤砣消失了，秤的另一边就轻轻飘飘地翘起来，这让我更不舒服。

他从旁边浓密的树丛里闪了出来，慢慢悠悠地走近我。

"在呢。"他说。

"干吗去了?! 也不打个招呼。"

"小解。"他说，用坦白无辜的眼神看着我。

那他一定没有洗手吧。我找出湿纸巾，递给他。

"不用。"他没接，"大路太吵了。咱们走旁边的路吧。"

旁边的路？和郑开大道平行的，几乎没有什么路。可想而知，那些路都在更远的地方。路也是会吃路的，在同一个方向上，大路会吃小路。和它交叉的路倒是非常多，垂直交叉的，倾斜交叉的。

我矗在那里，等他说服我。

"往北走一点，肯定还有路。"他喝了一口水，"也向东，也能到开封。"

"好吧。"

我的语气似乎有些勉为其难，其实对他的建议，我很是有点儿愉快。他的建议，他得负责。我很愿意他来负责。

"这边是小刘庄、马仙李、小冉庄、丁庄。路那边是高庄、白坟。"在一棵树下歇脚的时候，我前后左右地指着，有点儿像个导游似的介绍着。

这是一棵很大的榆树，不知道为什么幸存至今。树下横躺着一块残破的预制板，仿佛是被谁抛掷在这里很久了，在岔口处露着几根歪歪扭扭的锈蚀的细钢筋。面儿上倒是干干净净的。郑东新区设立该有十来年了吧，自从开建郑东新区，再加上郑汴一体化的提法，这些位于郑州东和开封西之间的村子就都成了金灿灿的房地产辐射区，三三两两地被开发商圈了不少地，有的村子已经开始了拆迁。

"嗯。"

"还有个大冉庄呢，也在路那边。"

"你怎么知道的?"

"这里面有地图啊。我做了功课的。"我朝他晃晃手机,"既然定了目标,总得知道自己在哪个位置上嘛。"

"哦。"他接过我的手机,一个一个念,"六堡、九堡、六里岗、七里岗、八里岗、六府营、八府赵……"

"听听这些村名起的,数学都挺不错。"我忍不住调侃。

"堡一般是军事据点,岗一般是军事指挥中心,府一般是军队编号。"他把手机还给我,"郝营、草场、耿石屯,这些都是刀光剑影。"

我接过来,继续看。很快就看到了官渡、赤兔马,还有一个赤裸裸的逐鹿营。

"那瓦坡、白沙、下板峪、莲花池呢?"

"是根据地理环境起的。瓦坡肯定跟瓦有关,白沙也是一样。"

"桑园、石灰窑、青谷堆呢? 还有这个,园棠树,多好听!"

"和庄稼人的东西有关呗。"

"茶庵、半截楼、南北街……"

"都是某一时期的地标。"他说,"打仗能留记号,过日子也能留的。"

"我老家叫乔庄。你呢?"

"庙李。听说曾经有过一座很大的庙,姓李的人也多。"

庙,这让我突然想起了那个游方和尚。

"所以你那么小就能认得游方和尚?"

"嗯?"他有点儿惶惑。

"不是你自己说的吗?八岁那年。"

"哦。"他释然,"我们村的庙,早就只剩个名儿了。那个和尚,他是路过我们村的。化缘。"

化缘,这样的词久未听到,好不优雅。听到这样的词,简直就想去化缘了。

"化到你家了?"

"嗯。"

"然后呢?"

"走了。"

哦,走了。我有些怅然。游方和尚化过了缘,自然也是该走了。

可是,就这么完了?

"在你家的情形呢?"我着急起来,"你细细地讲,不要让我一句一句地榨!"

他灿烂地笑起来。然后开始慢慢地说。他说和尚走进他家院子里,先诵"阿弥陀佛",他和母亲闻声出来,母亲还了礼,让他去厢房盛小麦给和尚,自己去厨房给和尚拿了两个夹了豆瓣酱的馒头,倒了一碗热水。和尚取下肩挎的布袋,从夹层里取出一个乌黑锃亮的铁钵,把水倒进自己的铁钵里,抬头看了看日头,才开始吃馒头。

"为什么要看看日头?"

"出家人过午不食。"

有风吹来,树叶微动,簌簌作响。我和他坐在这棵大榆树下,听他说着这样的话,恍惚间如做梦一般。

我也抬头看看日头:"找个地方吃饭吧。"

前面不远处的村子,叫刘集。

小饭店名叫"天天红",最多有二十平方米的样子,墙上用大红的字写着菜单。我们要了两碗芝麻叶鸡蛋捞面,又点了两个素菜:一个炒豆腐,一个炒上海青。总共才三十块。只有老板娘一个人里里外外地忙活着,她看起来有四十来岁,自我的心理定位应该是二三十岁吧。浓妆艳抹,敏捷矫健。

"天天红,这名字起得好啊。"我寒暄。

"好吧? 我也觉得好。有人说,你咋不起个年年红季季红? 我说,咱不贪大,这世道,眼错不见地变,能一天接一天红就中。"

"世道再变,人总要吃饭的。"

"就是说呀。人只要不死,总得吃饭,只要吃饭,就有咱的活路。"她眉飞色舞,一副精明强干的样子,"话说回来,只要能天天红,还愁不年年红,不季季红? 有那缺德的,还说叫月月红,我说,去你娘的脚,月月红可成啥了?"

我们一起笑起来。

"你们是来串亲戚?"

"不是。"

"会朋友?"

"不是。"

说话间,饭菜都已齐备了。我和石低头吃饭。

"没开车?"

"嗯。"

"走路?"

"嗯。"

"从哪儿走过来的?"

我抬头笑盈盈地看着她:"来点儿醋行不?"

吃完饭,出门继续向东,走到路的尽头,也就走到了村子的最东边。跨过一条干枯的水渠,我们沿着玉米地中间的小路继续向东。九月的热如同孔雀开屏,是夏天盛大华丽的尾声,过人高的玉米是两排翠绿的城墙,密不透风。

"烤玉米吃过没?"

"嗯。"

"你最中意的汉字就是'嗯'吧?"

这回连"嗯"也没有了。

和他在一起,我像个话痨。原本还担心找的伴儿犯话痨,这可倒好。

玉米地无穷无尽。十来岁的时候，每到七月末八月初，我和哥哥给半大个儿的玉米追肥，他挖坑，我撒肥料，哪怕穿着长袖衣服，戴着帽子，胳膊和脸也会被刁钻的玉米叶划得红肿疼痛。中秋过后是玉米收获的时节，也是一种酷刑：要在枯败燥闷的玉米秆丛里找到玉米，掰下来，装进塑料编织袋中，拖到田边。直接把玉米秆杀倒也不是不可以，只是在杀倒之后，再弯腰弓背地去掰玉米，则是另一种麻烦。

当时就觉得玉米地无穷无尽。现在空着两手走路，依然觉得如此。

玉米都已经结了穗，有的两穗，有的三穗，有的四穗。

"现在的穗结得真多。"他说，"小时候，都只有一穗。"

"嗯。"

"你吃过黑丹丹吗？"

"没有。是什么东西？"

"一棵玉米上，要是一穗都没结成，就有可能结出黑丹丹。炒着吃，很香的。"

我停下来，打开手机："哦，你说的这种东西，学名应该叫玉米黑粉菌，形状不定，多呈瘤状，往往由寄生组织形成……"

他也停下来，回头看着我："别念了。"

我讪讪地退出网页。

"把手机关了吧。"

"万一……"

"我的早就关了。"他静静地看着我,"没事。"

也许是刚开始的蛮力散尽,也许是被石的节奏感染,不知不觉地,我也越走越慢,有时候甚至落到了石的后面。看我落得远了,他就停下来等我。再落远,再等。如是反复,终于走出了玉米地。

其实前面还是玉米地,只是在这块玉米地和那块玉米地之间,是一块棉花地。在宽展展的叶子托衬下,粉红、玫红和雪白的花朵正在绽放,圆润坚挺的棉桃已经一个个鼓起。有风吹过,袭来一丝丝淡淡的甜香。而在不远处,也有细微的嗡嗡声传来。向南,可以清晰地看见郑开大道上的车流。

"要走大路吗?"他问。

"不要。"

穿过棉田,再次走进玉米地。连窄小的路都没有了,只能走稍微宽一些的田埂。哗啦,哗啦。哗啦,哗啦。像两艘小船,我们划行在玉米地的海里。蚂蚱在我们前后左右跳跃,像微型的海鸥。

胳膊和脸上很快起了红肿的划痕,疼痛起来。

他也穿着 T 恤,应该也是一样吧。

汗水如浆。抬起胳膊去擦汗,胳膊和脸的疼痛度都生动地加深一层。很奇怪的是,却也有隐隐的快感涌动。

"那和尚是从哪里来的?"

"安徽九华山。"

"到哪里去?"

"山西五台山。"

我暗暗地嘘了一口气。之前还有点儿担心他会说什么从来处来、到去处去呢。

不过,从安徽到山西,从九华山到五台山……这真是很远啊。一时间,我有些茫然。我想问问他,和尚为什么要从安徽九华山走到山西五台山去,还没问出口,就觉得这个问题很愚蠢。

可是真的很想问。

他仿佛看出了我的心思。

"那和尚说,年初的时候,他做了一个梦,梦见观世音菩萨让他去给文殊菩萨送信。他一醒来,就上路了。"

"他这么走,该走了多久呢?"

"走到我家时,已经有半年。"

"好远的路啊。"

"我当时也是这么说。"他微微笑着,"可他说,很快啊,将近年关就能到了。"

"那封信,你知道说的是什么吗?"

"什么信?"

"观世音菩萨给文殊菩萨的信啊。"

"哦,知道。"

"你怎么知道的?"

"是那游方和尚说的。"

可不是嘛,想来如此。

"他偷看了?"

"没法子偷看。"他轻笑一声,"是口信。"

走着走着,玉米地似乎成了帷幕,一道,又一道。每次拉开最后一道幕布,不期然就会看到另一种东西。有时候是苗圃,聚集着各种各样的小树苗。更多的时候,那些东西都能吃:花生、红薯、西瓜、葡萄。

"想吃吗?"

"嗯。"

花生和红薯用手刨其实很容易。花生仁的衣有的浅粉,有的大红。花生仁一律都是白生生的。红薯肉呢,有的白,有的黄。白的就只是白,黄的有的黄色深,有的黄色浅。生花生和生红薯看着是那么不一样,吃起来的口感却有一点儿相通:都有一种鲜奶的甜腥。

——土地真有意思。看着干干的,当你往深处刨下去的时候就会发现,下面湿润润的,有水汽。

"用农民的专业说法,这叫墒。"他说。

"知道。左边是个土,右边是个商。"其实这个字我早已经忘了,此刻不知怎么的,也从记忆里刨了出来。

"墒分四级,湿、潮、润、干。"他捻着手里的土,"这不是干,是润。"

我们手上贴了一层薄薄的泥。我掏出湿巾。

"别擦。一会儿就好了。"他说。

果然,一会儿工夫,泥干了,拍一拍,搓一搓,就变成了细尘。再拍一拍,搓一搓,就了无痕迹。

"土是很干净的。"

"嗯。"

立秋后的西瓜味道已经寡淡了许多,葡萄倒是正当时。只是我们从玉米地里刚出来的时候,那一个亮相把葡萄园老板吓了一跳,他大叫了一声:"什么人!"

我和石笑得直不起腰来。

太阳偏西,天色如极薄的灰纱,一层,一层,披暗了这个世界。原本壁垒森严的闷热一点一点懈怠下来,所有土地和植物的呼吸都开始变得柔软和清凉。腿脚碰到草叶的簌簌声多了些微的氤氲厚静。空气里的墒,浓重了。

手机关着,看不了时间,无从知道走了多久。居然也不觉得累。是因为走得太慢吧,也是因为歇的时辰太多。

这么走,几时才能走到开封呢?

"今天是走不到开封了。"我说。

"走不到就走不到吧。"他说。

"嗯。"

我朝他的方向挪了挪,感受着他清寒的暖意。迄今为止,这个可爱的人都没有问过我为什么要走到开封去,走到开封去干什么。

"那,晚上怎么办呢?"

"露宿,你的身板可能不行。可以住到中牟。"

远处有一团巨大的光晕,那大概就是中牟县城之所在吧。县城的旅店不会很多,却也必定不会客满。找一家干净舒适且便宜的和他住下,再找一家小馆子喝两杯,想想还真是不错呢。

等会儿给家里发个微信。

信? 突然又想到那个游方和尚的事。

"对了,那信说的是什么?"我赶快问。

"什么信?"

"观世音菩萨给文殊菩萨的口信啊。"

他站在那里,无可奈何地笑起来。

"快说,快说!"我拉扯着他的手臂,生怕把这个问题又给弄丢了。

"说的是三纪后的佛诞日,观世音菩萨邀文殊菩萨在四川峨眉山见面。"

"哦。"一纪就是一轮,这个我倒是知道的。三纪,那就是三十六年呢。

我们继续走。他走前,我走后。夕阳在他的背上镀了一层浅浅的金。我的背上,一定也有吧。

"你今年几岁?"

"四十四。"

"那不就是今年吗?"

"是啊。"他说,"他们一定见过面了。"

斑驳的阳光下,一片修长的玉米叶拂动在他左耳的耳郭上。

"那么,他到了五台山,再回到九华山,又要走一年吧。"

"不止。"

"怎么?"

"他说,他拜见过文殊菩萨后,还要再去一下南海。"

"去干什么?"

"他说,要给观世音菩萨复命。对菩萨说,信已经捎到了。"

我突然难过起来,难过得要命。仿佛有谁的手在攥着我的心脏,一下松,一下紧。

这个和尚啊,他可真有意思。

可是,他也真傻啊。

这么傻的人,可真让人揪心啊。

"你有没有想过,那个和尚,如果他死在了半路上,那该怎么办?"

说着,我坐在地上,便哭了起来。

石没有拦我,也没有劝我,只是任我哭着。一直等我哭够。

"即使那样,也不要紧。"终于,他缓缓地说。

透过朦胧的泪光,我看着他笃定的神情。

"菩萨都会知道的。"

许久之后,他又说。

深呼吸

一

　　那天下午,她一直隐隐地觉着有些异样。但这异样没有任何证据,她就没有让这异样任性。工作是不能任性的。尤其是她的工作。于是她放弃了直觉,走进永安巷。

　　快走到 54 号的时候,异样的感觉再次袭来,而且越发强烈。这种强烈明白无误地告诉她:异样的发生源已经很近了。甚至,已经到了。如果靠近了放酒的窖子,酿醋的坛子,捂酱的缸子,那感觉也许都是这样吧? 或者,就像她曾经被剖腹杀掉的那个孩子。几乎每个夜晚,当她脱衣睡下,抚着那道伤疤无边冥想的时候,那种血腥的气息,都会从她身体的下端逆流而上,在她的唇上和眉下萦绕,让她清清楚楚地嗅到。久久不散。

　　发生源只能是 54 号。

　　但还是没有什么可疑的现象。没有"尾巴",没有"肠子",也没有"帽子"。

"麻花哎！大麻花哎！又酥又甜的大麻花哎！"

卖麻花的老人仍旧一趟趟地吆喝着，声音依然是那么嘶哑和慵倦，像这漫长的秋日的午后。

她正过的是财顺号，是这个城市小有名气的馆子，门口是大大小小的瓦坛，盛着各种各样的酒。三开间的铺面，以她高跟鞋的窄小跨幅，得三十三步才过得去。财顺号对面是万紫千红布店。一卷卷的布排得整整齐齐，把伙计呆板的神情都影射得有些生动了。52号前有一个中年妇人在骂孩子，由上辈子骂到现在，由奶奶骂到爸爸，又展望到连她自己也不可知的将来，断断续续，简直有些像唱歌了。

如果不是午后，永安巷要比这会儿热闹些。联系地点的选择是很有学问的。不能太冷清，也不能太繁华。不冷清不繁华的地界，最好。好进去，也好出来。当然，对手也是好进去好出来的。不过对手再怎么高明，到了这里毕竟还是生面孔。一生不如一熟，一动不如一静。相比之下，也还是她的优势大一些。

远远的，54号二楼阳台上那件白衬衣还挂着。是干的。

它必须是干的。

她穿着新做的粉红色旗袍。这种粉红色水气很重，十分娇媚。她本来就娇媚，就更显得双重的娇媚。她走得不疾不徐，鞋跟"答答，答答"响在青石板上。她走过了53号，54号。然后是55号，56号。55号是一间花茶店，56号是一间童鞋店，门面都很窄,比 52 号和 53 号离 54 号都要近些。

她拿了两双鞋,看了看,又放回去。从手包里拿出镜子和粉扑,背朝着 54 号仔细地端详着,专注得仿佛是位初次相亲的少女。

印在镜子里的白衬衣确实是干的。可是,它有褶皱。是刚刚拆包出来的那种褶皱。

花茶店里有两个人晃出来了。

她把镜子和粉扑放进包里,一步步地走过 57 号,拐进了旁边的小巷里。这条小巷她是熟悉的。父亲生前有一位好友就住在这里,她和哥哥都叫他文叔叔。文叔叔和他的姓一样安静,细眉细眼,皮肤很白,有些像女人,只是不怎么爱笑,一贯严肃的神情不折不扣地显示着男人的刚硬。

多年以前,她和哥哥先后去教书,都是文叔叔介绍的。

二

她在这个城市做地下工作已经三年了。放在六年前,她根本不能想到自己会走到今天这一步。文叔叔介绍他们教书之后,她和哥哥一直都做着极稳妥的教员。她和哥哥在两所学校教书,薪水不算多,但供养体弱的寡母还是不成问题的。她教小学,哥哥教中学。她的学校离家近,哥哥的学校离家远。她天天在家吃饭，哥哥在学校住，到礼拜天才回家。哥哥一回家母亲就会让她上街买排骨，哥哥喜欢吃红烧排骨，她则喜欢吃排骨汤煮的长面。于是几乎每个星期日，都是哥哥横三竖四地啃一堆排骨，她咕噜咕噜地喝长面汤。她一直以为日子就会在排骨和长面中这么过下去，国乱也罢，不乱也罢，总得容下他们这样蚂蚁般的百姓过日子。

忽然就到了那一天，哥哥不到休息日就回来了，说是被解雇了。问他为什么，他不肯说。但还是每天早出晚归。她和母亲的心每天都被他出门的声音悬起来，直到他进门才放下。可还是出事了。有一天，哥哥没有回家。后来，再也没有回家。她四处托人打听，才知道他和一些逃到红区的进步青年有不少瓜葛，被宪兵队抓走了。母亲当即病了。三天后，她在大街上发现了哥哥的尸首。葬完哥哥一个月，她又葬了母亲，然后她变卖了所有的家当，拎着一个小包袱出了门，辗转了两个多月，来到了红区。

那一年，她才十九岁。

三

巷子里没有人。她脱下鞋子，飞跑起来。左拐，右拐，左拐，右拐，右拐，右拐，左拐。她听见后面脚步声急促地跟上来。她爬上一道女墙,顺着墙跳上一排低矮的平房,爬钻过一道铁网,再跳上一排高一点的房子,然后是更好的房子,走,走,走。然后,她顺着一架木梯子到了一所院落里。

这是一个很舒适的四合院。很静。红门绿窗,中间用青灰色的砖隔开,怎么瞧怎么悦目。种着很多花,却都不高大。淡淡的日影罩着晾杆上的几件湿衣。有小小的孩子的衣服,像玩具一样玲珑。也有女人的衣服,花色淡雅。——女主人肯定不是一般俚俗妇人。挨着梯子的是两棵女贞树,随风吹来几缕微微的叶香,她不由得深深吸了一口。她熟悉这种香味。她的家,原来也有这样的女贞树。女贞树边的空地上扎着一圈矮矮的篱笆,篱笆上拖着一些南瓜的黄花。母亲生前,也是爱种南瓜的。

院子还种着一棵樱桃树,树下放着一个木制的婴儿车。车里坐着一个咿咿呀呀的女婴,粉粉的、花蕊一样的脸。见她从梯子上下来,仿佛是打招呼一样瞪大了眼睛,冲她一笑。

她也朝她笑了一下。一边穿着鞋子一边想着如果有大人出来该怎么解释。或者就说自己走错了门。或者就说自己是邻居的朋友,来玩儿,在房顶上看到她的孩子实在可爱,忍不住想过来逗一下。——自己的孩子如此被人喜欢,是多数父母都会高兴的事。再或者,就干脆走吧。

帘子响动。堂屋里走出来一个女人。一个穿和服的女人。

女人轻轻地惊叫了一声,嘴里嘟噜了一句什么,朝她弯下腰,微微鞠了一躬。

日本女人。

去他妈的日本女人!

她蓦然明白,她进的是日军的军官家属院。白塔寺这边有一个小小的日军家属院。可她今天全然忘记了。

她一把抓起了那个婴儿。

日本女人也呆了。她捂住嘴巴,似乎就要昏厥过去。但还是站住了。

她贴着嘴唇,竖起食指,示意日本女人不要出声。然后指指屋里,用手势问家里现在还有谁?日本女人很机灵,马上领悟了她的意思,也用手势回复说还有一个。她问在哪里?日本女人指了指她的怀中,意思说就是这个孩子。

她放出一口气,松了一下胸口。她知道,一场仗,要开始了。

她们一前一后进了屋。她一眼就看到了桌子上的水果刀,拿在手里。然后她把房子的各个房间都转了一遍,确实没有别人。她抱着孩子在客厅坐下。看见东墙上挂着地图,红区那里圈着红圈。地图旁边还挂着一把长剑。而在她坐的椅子扶手上,还搭着一件日本军服。多么熟悉的黄色。让人憎恶的肮脏的黄色。大便一样的黄色。

她抱着孩子。孩子很轻,但她还是觉得胳膊有点儿木。也许是她不会抱的缘故吧。她从来没有抱过孩子。

本来,她是很有机会抱的。

四

到红区的第三个年头,她结了婚。不久,他们都有了一个上战场的机会。他是连长,无可置疑是要上的。她是可上可不上,可她还是坚持要上战场做医护。战友们笑她双宿双飞,一刻都离不得丈夫。她笑笑。她有一个想法她对谁都没有说:她想亲手在战场上杀人。杀日本兵。他们杀了她的哥哥和母亲,她不能就这样算了。别人杀是别人杀,她要杀自己的。最少要杀一个,能杀两个最好。当然,能多杀一定要多杀,因为除了她的哥哥和母亲,还有那么多人,那么多。

最初的一刹那是可怕的。以前都是离战场近或者远,现在不是近和远的问题,而是在战场里面。她几乎有些惊慌失措。她觉得,不光是自己,周围的人其实也都有些惊慌失措。他们的神情都有一种莫名其妙的激动和难看。呼啸着的炮弹拖着长长的光芒划破了天空,像彗星失控后,一头从轨道上栽了下来。尘灰飞扬,气浪激荡,余声汹涌,狂流澎湃。

然后就好了。他们奔跑着,叫喊着,冲上前去。有许多人倒了下来。炮弹压缩着空气,在一片又一片的土地上炸开,有血溅到了她的身上。到处都是浓烟和纷乱。有些人在土壤里躺下,流血呻吟,脸色是青乌的。有些人因为伤在要害,痉挛的手抠着地面,一道,一道,像小小的爬犁。一些人胳膊上一边流着血,一边镇定地给枪装着子弹。她跑来跑去地包扎着伤员,等待着自己上去的那一刻。——那一刻其实是战争已经胜利的一刻,她要去战场搜检伤员。她想,如果看到有受伤的日本兵,她就毫不留情地杀死他,杀死他。

她终于可以上去了。但上去的时候,她却已经顾不上杀人了。战场已经差不多安静了下来,从这一端到那一端。处处都有流动着的呻吟和凝固的血。她忽然觉得恶心。她从来没有见过这么多血。他们胜利了,可她还是恶心。到处都是尸首。到处都是。而在几个小时之前,他们都还是活生生的人。

她和战友们找着自己的同志,一个个地清理,安顿。等到找得差不多的时候,她靠近了一个日本兵。那个日本兵一动不动,应该已经死了。可她恍惚觉得,就在她要转身的一瞬间,他的胸膛似乎有一次轻微的起伏。于是她又回转身,在他面前弯下腰,忽然间,她听到战友可怖的惊呼,然后,她失去了知觉。

她被抢救了过来。但她的孩子没有了。而且,再也不会有孩子了。那个日本兵没有死,他一刀刺向了她的肚子。

她怀孕已经两个月了。可她不知道。

她的丈夫也在那场战争中死了。她又只剩下了一个人。因为身体虚弱,她做不了别的什么。后来组织说想要在这个城市建一个工作站,她比较熟悉情况,问她想不想过来,她没有犹豫就答应了。她不需要忌讳很多。在这个城市,她已经没有亲人了。即使是以前认识她的人,经过了这几年,也多半不能认出她。经历了这么多,从里到外,她再也不是以前的她了。

她改了姓名,回到了故乡。有限的熟人们果然没有一个认出她来。她在离旧居很远的地方租了一个房子,另一位同志做她名义上的爱人。她仍然在一所小学谋得了一份工作,只不过不是教书,而是在教导处。这一干,就又是三年。

那场战争在她身上烙了四个疤,不过还没有妨碍到她穿旗袍。

五

婴儿开始哭起来。一股热热的液体染到她的手上,孩子尿了。孩子的尿没有多少异味,清冽冽的,温湿温湿。

日本女人拿过一块尿布,恳求地看着她。一瞬间,她几乎也想把孩子给女人,但是,终是没给。她接过尿布,一手拿着尿布,一手抱着孩子,刀柄挨着孩子的头,孩子翻着眼睛看着刀柄,不哭了。她的小手一抬一抬,想要去抓住刀柄似的,粉色的胳膊映在刀光里,呈现出一片模糊的温柔。

他们欠她四条人命。今天把她们杀了,还有两条。再加上自己的死,其实还有三条。她算着这笔清晰的账。一会儿工夫她就算了七八十来遍。这账好算。一年级的学生也会算。可她一边给孩子换着尿布一边算的时候,不知怎的就觉得很模糊,有些茫然。

日本女人窒息一般地看着她。换完尿布,孩子开始玩了。日本女人长嘘了一口气,抬起袖子擦了一下汗。

女人的和服上满是樱花,樱花的粉色和她身上旗袍的粉色有些一样。从上到下,樱花渐浓渐密,像暮春随风落了一场雨之后,樱花从树上吹下,匝匝地铺了一地。离树远的地方,铺得少。离树近的,就多一些。到衣襟的下面,绵绵麻麻分不清楚的,也就是树下了吧。

她原本也喜欢樱花的。以前她在这个城市教书的时候,校园里也有几棵樱花。有一棵刚好长在她的办公室前,开花的时候,枝丫会伸到窗棂间,引得蜜蜂们不时地撞到玻璃上。咚。咚。

六

门外响起了脚步声,很多人的。其实还隔着几条街,但因为人多,声音就显得很近。声音总体是整齐的,偶尔有一些不规律的乱。一定是那帮追她的人进来了。

日本女人轻轻地退到墙边,她随着日本女人的脚步握紧了刀,——长剑离日本女人越来越近。等到她简直就要把刀举起来的时候。日本女人把手指向了地图上的红圈画着的红区,询问地看着她。

她点点头。指指长剑,用手放在自己的脖子上,一下,一下,又一下。她希望日本女人能明白:你们就是这样对待我们的。

日本女人向她鞠了一个躬。她没有动。

日本女人朝门外的天空张望了一下,指指窗外,又指指她。

她点点头。

日本女人走向里间。她跟进去。她只有跟进去。

女人打开衣柜,取出了一套和服,指指她的旗袍,要她换上。她沉默。女人打开和服,用表情配合赞美着让她看这和服多么好。这套和服是淡绿色的,上面的图案是一枝枝的梅花。白色的梅花像星星一样绽放在奇异的夜空中,浅褐色的枝干十分结实温存。束腰用的缎带是乳白色的,质地很细腻。她注意到,日本女人的腰带也是乳白色的。

她停住。要她穿日本女人的衣服?

日本女人微微地鞠了一躬。神情很执拗。执拗而又有着莫名其妙的恳求。

她摇头。士可杀,不可辱。这句古训从心底冒出来,却有些虚弱。或许,真的是个希望吧? 如果日本女人是诚心救她呢?

日本女人未见得像她那样有那么深的仇恨吧？再说，穿穿衣服不等于就是受辱吧？即使是受辱，古训也还有大丈夫能屈能伸呢。

她终于点点头。当然不一定能过得了关。这是赌博。她知道。该赌就得赌。这么多年的风险里，她赌了不止一次了。

换衣服必须放下孩子，她示意日本女人退在墙角，然后把孩子放在床上。孩子离她近，她有主动权。脱衣服的时候，她手里也始终拿着那把刀。她已经习惯让全身都长满防备的眼睛了。防备就是她的职业特点。即使是在路边浏览一个小小的橱窗，她也不会忘记从暗彩的布料反光上去看一眼有没有人盯梢。

女人上前帮她穿和服。穿罩衫的时候，女人指指她身上的伤疤，又拍拍自己。她点头。女人又看见了她肚子上的伤疤，指指孩子，指指她。她摇头。把手放在脖子上。女人又指指自己，她点头。

她看见，女人的眼圈红了。

和服穿上了，有些宽，腰间的褶子很多。穿完她转身就抱起了孩子。女人示意她放下孩子。她不放。女人示意说这套和服之所以有些大，因为是怀孕的时候买的。她应该让她穿自己身上这套。

女人说完就开始脱衣服。很快就脱得很干净了，像棵白萝卜一样站在那里。

她也只好放下孩子,脱。

七

有那么一小会儿时间,两个赤裸的女人就那样站在那里。什么也没有了。墙,屋子,更大更多的什么,好像都没有了。只有她和她,还有孩子。远处的脚步声好像越来越近,但其实还是远。远得似乎根本不需要去在意他们,远得似乎他们永远也不会抵达。孩子躺在床上,自得其乐地说着谁也听不懂的话。她们都静默地站在那里,很认真地听着似的。谁也没有看谁,有什么东西流在她们中间,让她们都有些恍惚。

八

开始穿衣服了。女人显然是想要自己先穿好,再帮她穿的。她用眼神制止了女人。谁先穿好谁就主动,她不能给女人这个机会。于是女人温顺地走过来,先替她穿。然后自己穿。穿好了,把她推到镜子前。

她看见镜子里的自己,线条有些僵硬,眼睛也有些手足无措。但不可否认的是,即使这样,樱花和服穿到她的身上也是出奇地明艳和漂亮。真的是合适极了。她们的身材本来也就很相像。她本来也就最适合粉色。粉色衬得她女人气十足。她是女人。她当然是女人。可有多久了啊，即使是穿着旗袍，她也不觉得自己是个女人了。

和服上，还带着女人的体温。

女人又来给她整理头发。她横抱着孩子，把刀垫在孩子的背上，女人的手真是麻利，很快就给她盘出个发髻来。又往她脸上抹了些红红白白的颜色。她抱着孩子站到镜子前，都有些认不出自己了。

女人又拿来了一双木屐。

九

门外的声音越来越近。有日语，也有中国话。中国话是片片断断的：

"……有可能……"

"……试试……"

"……也没别的地方可去……"

"……仔细着点儿……"

"……别乱来，规矩些……"

有人敲门。女人示意她不要说话。一个字都不能说！她的表情很严厉。然后她去开门。一伙人进来，有日本兵，也有中国兵。有日本军官,中国兵也有一个头目。他们先向女人满面笑容地解释了一番什么,然后里里外外地找。找了一遍。就要走的时候,日本军官在她面前停下了脚步。打量了一下她,然后取出一张照片,对着她看,看了一眼,又看了一眼。笑了。笑声仿佛刚从冰窟里取出来,冰凉冰凉。

她看了他一眼,困惑的。然后低下头看着孩子,不再看他。什么人都不看。抱了这么大一会儿,她又穿着那件和服,孩子显然觉得她很亲切了,小手一拽一拽,开始看着她和她玩。女人赶过来,哇啦哇啦地向那军官说着什么,军官也哇啦哇啦地说。女人说的句子长一些,军官的句子短一些。翻译向一边的中国军官介绍说,这个日本女人说抱孩子的是她妹妹,因为她在这里很孤单寂寞,所以刚刚从日本赶过来陪她。

日本军官对翻译耳语了些什么,翻译走过来,把照片举到她面前,"小姐,你见过这个人吗?"

她迷茫地看着他。

"你和她长得很像啊。"

她继续迷茫。

"你这个婊子他妈的挺能装啊。"

士兵们有人笑出了声。笑的这些,一定是中国人。

她还是迷茫。

翻译又开始用日语对她说。她的神色开始冷漠起来,一句也不搭腔,仿佛一向就不屑于理这些人一样。

日本女人来到翻译旁边,开始说话。翻译断断续续地对中国军官说:这位太太自己妹妹的耳朵不是很好,性格也很内向,他们这么多人,会吓坏她的。请他们先出去。

"可她和照片里的人太一样了。"中国军官说。

日本女人又是一串。翻译说:这位太太说,自己和妹妹长得也很一样,那么也就和照片里的人很一样了。要抓就请把她抓了去。

正僵持着,孩子突然大哭起来。一屋子人都看着这个孩子。她的嘴巴张得很大,仿佛饿得很久很久了。她费力地拍打着孩子,孩子却愈哭愈烈。刚刚尿过,孩子一定是饿了。也许换个姿势抱抱会好些。孩子一直是横抱的。可她不能乱动。孩子身下,还有那把刀。

她开始出汗,一层一层地出着。她觉得,汗水都要渗出衣服了。

日本女人的手伸了过来,没等她犹豫,就抱走了孩子。她抱得十分轻捷。

还有那把刀。

当着一屋子男人的面,女人坐下来,开始解衣服。她露出了雪白的乳,塞进孩子的嘴里。一边喂着孩子,她一边哼着什么歌。那乳的亮白,似乎晃着了所有人的眼。男人们把头扭过去,没有谁再看她。

奶香柔韧地沁到空气中，让她有些微微的眩晕。

先是中国兵退了出去，然后日本兵也退了出去。女人抱着孩子，把他们送到门口。她站在窗前，紧紧地盯着女人。女人又开始和他们说话了，说得很热闹。他们都不时地朝屋子的方向看过来，女人还不时地指指孩子。

她是在告诉他们自己就是用孩子来威胁她的吗？她的心突然悬了起来。可怎么现在才突然去悬？她为自己的愚蠢感到好笑。革命了这么多年，自己怎么还会犯这种低级错误？怎么就如此轻易相信了一个原本就不共戴天的日本女人？现在的她，已经失去了任何屏障，真正成了一条刀案之鱼。死了也是白死，连和她等价换命的人都没有。

最少应该杀一个的。

＋

果然，日本军官从大门这边走来了。一步一步。她站到墙边，摘下长剑，长剑的光雪亮雪亮。她把剑放在桌子上，用身体挡住。如果他拔枪，她的速度未必就比他慢。如果他不拔枪，——他会不拔枪吗？

军官走向她。走向她。走向她。在离她一米远的地方，停下。她的手已经摸到了剑柄。

军官的双腿并立，头微微地低了一低，走了出去。

关好大门的女人走进来，竖抱起孩子，把刀递给她。她没接。可女人还是一直递。女人开始用手势对她说话。现在，她们用这种方式说话已经很流畅了。

女人告诉她：你应该带在身上，外面还很危险。

她解开腰带，想要换下和服，女人拦住了她，示意她把和服穿走。

女人说：这样更安全。你的旗袍就送给我吧。

女人又一次把刀递过来。她接了。

女人朝她鞠了一躬。

她也朝女人鞠了一躬。

她告辞要走的时候，女人说：我送你。

她们抱着孩子，一前一后走出屋子，女人却又拦住了她。女人说：穿和服不能这么走路。你先跟我学学走路。

那天黄昏，有人看见，两个穿和服的女人，轮流抱着一个孩子，姊妹般偎依着，走过了永安巷。

十一

后来，她很快离开了这个城市。可她无论走到哪里，和服与木屐都始终伴随着她。过重重关卡的时候,化装取情报的时候,红区演出需要道具的时候,都会用上。有时候是别人穿,有时候是她自己穿。不过她穿的效果是最好的,谁都说她装日本女人装得最像。

三十年之后,她成了"反革命"。小将们抄家扫荡,从箱子里抄出了和服与木屐。里通外国,铁证如山。

她讲了这个故事,没有人相信。而当初能证明的一些人,都已经不在人世了。

和服与木屐被扔到了火里。她没有表情,只是一点点地看着樱花萎缩,败落。烧到一半,突然有人想起来说不能全烧完,要保留一部分做罪证。于是有人浇灭了火,捡出了几条碎片。他们走了以后,她也捡了一片。那一片上有一枝完整的樱花。

她带了这枝樱花到了甘肃,在祁连山下接受改造。她被改造了六年。回去的那一年,她六十三岁。

十二

她不爱看电视,也不爱看报纸,最多只是在早晨和黄昏偶尔听听收音机。一个微雨后的清晨,她躺在竹椅上,半寐半醒地听着收音机里的歌声:

樱花啊，樱花啊，

阳春三月晴空下，

一望无际。

樱花啊，

花如云朵似彩霞，

芬芳无比美如画。

去看吧，

去看吧，

快去看樱花……

主持人介绍说，这首歌是日本最古老的谣曲，名字叫《樱花》。

那天，那个女人喂孩子吃奶时唱的歌，就是这首吧？

她静静地躺着，眼前忽然清晰地呈现出那个日本女人的眼睛。那双眼睛是那么纯净。纯净得就像祁连山上的雪。

富士山上的雪，也是这般纯净吧？

暮春的阳光下，她挺了挺胸，做了一个深呼吸。她的泪水涌了出来，湿润了满是皱纹的脸。

没有人看见她哭。

妊娠纹

一

水哗哗地流着,肯定能掩盖住自己小便的声音,还有咽唾沫的声音。她想。就是这样,每当情绪紧张的时候,比如开会发言下一个就轮到了自己,在考场上拿到考卷的一瞬间,她都会觉得自己咽唾沫的声音特别响亮,仿佛喉咙被谁给戴上了一个奇怪的扩音器。

苏在外面。这是她和他的第一次约会。

二

其实已经认识很久了。认识的机缘是在一次饭局上。那天下午,她和朋友正在逛街,朋友忽然接到短信,说六点半得去参加一个应酬,是为亲戚孩子上中学的事,熟人替她约好了一个人,能给这事使上劲儿。其时已经将近六点,饭店离她们逛街的地方也不远，朋友便硬拉她去了。去了她便心生后悔。除了朋友，其他人她都不认识，单为一顿饭坐在这里，甚是无趣。

满桌子就她和右手边的男人不喝酒。他说他开着车，怕撞见交警。她则是酒精过敏，根本不能沾。于是两个人就一直碰着饮料杯。他大约一米八的样子，平头，白T恤，看着很是清爽健朗。像个司机。她想。正寻思着是不是早走，他和她搭起话来。聊起来才知道，他也是被硬拉了来的。他在某市教育系统任职，来教育厅汇报工作，出门的时候正好碰上了教育厅的这个人，属于典型的拉郎配。

"我拉郎配，她拉女配，"那人指指她的朋友，"不是正好把你们配成一对吗？"

"谢谢你们天赐良缘。"苏笑道。

"那你们还不饮个交杯？"那帮喝酒的人已经有了酒兴，便借着酒劲起哄。

她微微有些不快。和陌生的男人喝交杯酒？凭什么？她不喜欢这一套。

苏看了她一眼，似乎有些探询的意思，然后，他笑着对众人道："喝交杯酒是私事，我们还是私下里做吧。"

但起哄的人不依不饶。当真拒绝又伤了面子，不拒绝又违了自己的心。这可怎么办好呢？她看着苏。方才他挡了第一道，她指望他第二道能挡得更精彩些。

苏却没有再看她。在众人的叫嚷中,他只是径直拿过她的杯子,然后敏捷地把自己的左臂和右臂交叉着,自己跟自己喝了个交杯。

她想不到是这样,瞪大眼睛看着他,片刻之后才想起来跟着大家鼓掌嬉笑。

之后就是去唱歌。方才喝酒的人说没喝透,要继续喝,于是唱歌的主力就成了他们俩。男独,女独,对唱……他唱得不错。看得出,他也很欣赏她的唱。唱歌也是能唱醉的。唱到后来,她和他也有些疯了似的,居然唱起了儿歌:《小鸟,小鸟》《让我们荡起双桨》《我们的祖国是花园》……唱着唱着,两人还一起摇摆起了身子,默契得很,和谐得很。

"老夫老妻了!"喝酒的人不放过他们,依然打趣。

"金童玉女。"他凑到她的耳边轻轻地说。

"呸。"她轻嗔。

有点儿打情骂俏的意思了。

唱歌完毕已经是十二点多,他说还要赶回去,明天还有会。道别的时候,她例行客气,要他注意安全。他点点头,低声道:"我到家给你发短信。"她有些意外地看了看他。不过是一面之交,犯得着这样吗? 或者,他只是随便说说?

两点多的时候,他的短信果然来了:安全到家,放心。

她:晚安。

他：要是能梦见你就安了。

她不由得微笑了。这个家伙，还挺贫的。

她：我不习惯开玩笑，尤其是这种玩笑。以后请不要这样。

他：不是玩笑。

她：为什么？

他：因为是你。

她没有再回复，关了机。那一夜，她没有睡好。她预感到：自己一直等待的那件事情，似乎已经来了。

三

财务室装着厚重的防盗门，窗户外面也装着厚密的防盗网。每当她走进去的时候，常常不可抑制地觉得这个办公室就是一所监狱，自己就是一个不折不扣的囚徒。等到打开电脑，填着似乎永远也填不完的酷似一间间监舍的小小表格，这种感觉就更加强烈。

办公桌中间的抽屉里放着一面镜子。一个人的时候，她常常会神经质地把镜子摸出来，照一照。她总是怀疑自己的容颜比上一刻更老——其实不用照，也不用怀疑，肯定是比上一刻更老。她知道。那天，她给儿子检查语文作业，看到儿子用"沧桑"造句：我妈妈有一张历尽沧桑的脸。她又气又笑，又惊又惧，问儿子:"我有那么老吗?"儿子正做数学,头都没有抬,冷酷地吐出一个字:"是。"她简直是有些气急败坏了,追问:"真的有那么老?"儿子停了笔,回头认真地看着她,道:"我说你十八,你信吗?"

十八当然是笑话。但镜子里的她似乎还是可以的。因为常年在办公室待着,她的皮肤捂得很白。身材也还不错,前些时又把头发染成了深红色,看着比实际年龄要小个七八岁。这常常让她有些暗暗得意。但得意之后,很快便会生出失落:显得年轻又怎么样呢?有什么意义呢?能榨出多少心里需要的油水呢?也不过如此而已。有时候,她甚至会想:要是一下子就老成了鸡皮鹤发,可能也会挺好。那就什么都不用想了,反正老了就是老了,终于是死猪——不,是老猪不怕开水烫了。——分分秒秒日日夜夜的时光,可不就是无声无息沸腾滚绽的开水吗?她的心,可不就是被这开水烫出了一串串灼疼的燎泡吗?

但是,现在,她终究还是没有老。或者说,还没有老得那么彻底。她还得等老。一天天、一月月、一年年地等老。红颜空老,说的就是这个吧。

那天,她读到了一首小诗——她偶尔还会读读诗,那些片片断断的句子,奇奇怪怪的句子,行与行之间的神秘关联,总会给她一种特殊的享受。如果办公室很静,阳光很好,还会让她想起上大学的时光,想起原来自己还曾是个酸溜溜的文学青年。

那首小诗的名字一下子就抓住了她——《我顽固地保持着青葱的面貌》：

我顽固地保持着青葱的面貌

是因为我不想老

我一直不甘心地想做点儿什么

虽然是什么,我并不知道

我顽固地保持着青葱的面貌

酝酿着最后一次失控的燃烧

如果实在燃烧不了

有一天我会在瞬间从容地变老

看着窗外的防盗网,她的泪,一下子就下来了。那一刻,她决定:在等老的这个当儿,去做点儿什么。她得做点儿什么,她必须得做点儿什么。不为任何人,只为自己。

不然,她会疯掉。

可是,去做点儿什么呢? 像她这样一个女人,到底能去做点儿什么呢? 自从这个念头冒出来之后,她就开始鬼使神差地寻思。每当置身于一个场合,尤其是大家都正规正矩、横平竖直的场合,一些奇怪的念头就会在她的脑子里格外蠢蠢欲动,茁壮成长：

——在庄重的宴席上，把手里的燕窝汤碗抛掷向滔滔不绝的主客。他可是刚刚被提拔呢。

——单位例会时，将一口饱满的唾沫吐到一把手领导的脸上。他的脸红润浑圆得过分，简直就是一枚活泼泼的肉质公章。

——对口银行信贷科的那个小帅哥来办业务，送他出门时，从后面紧紧地抱住他结实的腰，然后用脸贴着他的后颈，去嗅他浓重的汗味……

当然，只是想象而已。她做不出来。她的心想做，可是手脚眼嘴都被什么捆绑着似的，做不出来。那天，她在街上闲逛，看到一个吐气如兰的小美女在买袜子，摊主是个一脸横肉的凶相女人。小美女翻了两翻，可能觉得没有合适的，转身要走，摊主不干不净地骂她浪得慌。小美女毫不客气地回敬："我浪自有人喜欢，你再浪也没人看得上。"两人当即打了起来。她不由得替那小美女揪心，想她小胳膊小腿儿的，怎么会抵得过那个悍妇。没想到小美女出手那个利索啊，手扇脚踢，最后还把裙子一撩，骑到了那个女人身上捶打！——内裤的粉红蕾丝都露了出来。看似弱不禁风的小美女直打得那悍妇鬼哭狼嚎，气壮山河。也看得她眼球鼓暴，血脉偾张。等到小美女酣畅淋漓地打完，有条不紊地将裙子捋好，继续款款而行时，她默默地跟了上去。

"你干吗？"小美女察觉到了她的跟踪，回身道。

"你……你真厉害。"仿佛低到尘土里的粉丝邂逅了从天而降的偶像,她控制不住自己的崇拜和紧张,都有些结巴了。

"我在塔沟练过五年。"小美女嫣然一笑。

她恍然。塔沟是少林寺附近的一个地界,盛产武校。

"我的一点儿心意,"她把刚买的冰激凌递了过去,"你……你辛苦了。"

"为什么?"小美女眉毛一扬,问。

"不……不为什么。"她说。

"莫名其妙。"没有承她的情,小美女白了她一眼,婀娜着背影扬长而去。她呆呆地晾在那里,直到冰激凌一滴滴地融化殆尽。是啊,为什么? 她想着小美女的质问,仍然不知道该如何回答。因为如果我是你的话也就只能被骂吗? 因为像你这样打上一架是我长久以来的夙愿吗? 因为对你来说手到擒来的事情对我却是永远也不能企及的理想吗?

她想起自己曾读过的一个小说,小说的名字已经忘了,但有一段话让她胆战心惊:"……作为一个年过三十的已婚女人,她既不会打家劫舍,也不会抢钱放火,不会嚼舌告密,也不会搬弄是非,她不会裸奔,不会骂街,不会杀人,不会打架,她能做的坏事,除了偷情,还有什么?"

她看着镜子里的自己。

你能去偷情吗? 她问。

能。她回答镜子。

那就去吧。镜子鼓励道。

好。她简洁地吐出了这个字。

已经两年了。那个偶然的饭局，让她终于碰到了他。

四

"好了吗?"

卫生间的门芯是磨砂玻璃,她清晰地看着,他的手指在上面轻叩,一下,又一下。

"我还想洗个澡。"她说。

"别——洗——了。"他稍微拉长了字与字的间隔,很自然地撒着小小的娇,"我喜欢原汁原味原生态。"

"我想洗。让我洗洗吧。"她几乎是恳求地说。

"那,你快点儿。"

"嗯。"

她打开浴缸上方的花洒,让水量开到最大。喷涌而出的水柱砰砰地击打在浴缸上,一下子遮住了所有的声音,仿佛世界上只剩下这水了。

她长嘘了一口气,开始脱衣服。脱内裤的时候,她摸了一下小腹上的妊娠纹。

说着容易做着难。下定了决心她才发现:对她来说,淫妇不是那么好做的,情不是那么好偷的。丈夫倒不是问题,他在一家会计师事务所卖命,三天两头出差在外。孩子也不是问题,娘家二老和她同城,随时可以替她照顾孩子。就时间上来说,她有的是机会。她的问题在于对象。自从动了心思之后,她发现明明暗暗向她示爱的男人并不少,可就是没有人能够唤起她回应的欲望。都不合适。不但不合适,甚至还让她慢慢积累起一种屈辱——与道德无关,但与年龄有关的屈辱。那些男人,相貌、脾气、身份、工作,这些都且不说,仅年龄这项就让她过不去:清一色地都比她大,小一些的也比她大五岁,一般都比她大十岁以上。这是大势所趋,她知道。无论是找老婆还是找情人,除了极少量的姐弟恋,绝大多数的状况都是男的越找越小,女的越找越老,所谓的老牛吃嫩草,一般只指的是公牛,而母牛就只能吃老草。

但是,凭什么? 她愤愤不平。暗暗给自己立了一个标杆:即使找不到比自己年轻的,至少也要找个和自己同龄的。决不委屈自己。

苏比她大三个月。相识一周之后,短信里,他就已经开始自称为哥哥了:

狠心妹妹,哥哥都病了,也不问候问候。

什么病?挂水了没有?

想妹妹的病。

那你还是病着吧。

等妹妹给药吃呢。

不给。

⋯⋯

想跟妹妹问个路。

你来了?

嗯。

在什么地方?

你的心外。告诉我,该怎么走才能抵达你的心内?

⋯⋯

　　当初一起吃饭的时候,她留意过他接听电话的语态。是下属打来的,说工作的事。那时候的他,看起来是一个最标准的领导,稳重,严肃,谨慎,周密,有时候又显得很决断,甚至专横。她再想不到:他的短信会这么活泼和缠绵。

　　这样的恋爱真是好啊,好得近乎奢侈,有一种近乎幻觉的甜蜜。也许,这样的恋爱才是最纯粹的。可不是吗?都有家,有孩子,有体面的工作,都不会破坏原有的一切,不过是两个世故的成年人在玩一种心领神会的游戏。至于游戏规则,他和她当然都是懂的。没有负担,没有责任,没有义务,只有享受。——有增无减。这就是他们享受的前提,也是他们奉行的游戏底线。

"锦上添花。是不是?"他在电话里说。

她微微一笑,没有回答。

苏没有出现之前,她对丈夫总是有些微微的不放心,经常会偷偷查看他的手机有没有暧昧短信,洗衣服的时候也会闻闻有没有陌生的香水味。有了他之后,她反而把这些小动作都放弃了。

如果他也有情人,你能接受吗? 她问自己。

能。她对着镜子回答。

当然,她知道:他很可能现在还没有,也很可能一辈子都不会有。就会有这种死气沉沉的男人,一辈子就守着一个女人,仿佛一棵没有枝杈的树,一条没有支流的河,一个没有逃过课的学生。不,他不是因为什么爱情,而是因为怕惹出事——他胆小如鼠,驾照已经拿了五年都还不敢上路,仅限于纸上谈车。或者他根本就是懒得多事——一件内衣,如果她不提醒,他有本事穿两个星期都不换。夫妻多年,她知道他大概就是这么一种人。如果没有意外,以爱情的名义和亲情的内核,他会以驾车的谨慎作风和穿内衣的懒惰精神,以那种一成不变的疲沓步伐,将和她相伴坚持到底,成就一段白头到老的佳话。

她已经溜过号走过神淌过气了,在这个成就佳话的乏味过程中。而他呢?如果他没有,如果真是这样的话,她就打心眼儿里觉得他有些可怜,有点儿窝囊。——当然,她也知道,生活往往在自己的意料之外。或许也只是自己以为他没有。

那么,但愿他有。她对着镜子说。再往深处想想,如果他有……她觉得自己不仅仅是接受,甚至还会替他高兴。这绝不是简单的心理补偿或者说心理平衡。她知道。如果一定要形容,这似乎更像是一个战友对另一个战友的深切同情。家是她和丈夫没有硝烟的壕沟,床是她和丈夫共同御敌的战场。他们共同的敌人,是平庸的日子和漫长的时光。

五

苏很好。真的很好。目前为止,确实是她遇到的男人里面,最好的了。有身份,有地位,有素质,有外形,还那么年轻。而且还在外地,对彼此来说都很安全。虽然并不能把他拿出来显摆什么,仅仅是自己一个人知道,但每每一想到他,她也还是会不由自主地生出一种难以言喻的虚荣和满足。

何况,他还那么聪明。仅就发短信的分寸就可以看出这一点。平时每天一两条,不多不少,荤素得当,浓淡适宜。偶尔话不投机,她不理他了,他会连着转发两条有趣的短信逗她。如果她还不理，他就稍微晾晾她，过个两三天再给她发，婉转地向她求和。绝不会急亦白脸地追缠，像个毛头小伙子一样。她也就顺水推舟地软了。——他的冒犯是有限度的，那么自己的任性也应该有。她知道。

当然，最让她心悦的还是他的短信本身：

> 今天开会时又想你了。
> 鉴于你勤勤恳恳的想念精神，我特提出表扬。
> 谢谢妹妹，请求奖品。

他想要的奖品就是她。她知道。他期盼的最理想的答案就是她自荐枕席。她也知道。但她更知道自己不能这么说。她该做的，就是配合他将调情进行到底：

> 铅笔两打，橡皮两只，日记本两个，红花两朵。
> 铅笔两打放一边，橡皮两只做公签，日记本两个来登记，红花两朵戴胸前。呵呵，我们两个大喜啊。
> 怎么那么会打嘴官司啊。
> 这是虚拟的嘴官司，见面的时候你就会知道，我实在的嘴官司才是厉害呢。

一时间想不出合适的应对，她沉默。他却乘胜追击：

真想妹妹啊。
也想。

——她省略了对他的称呼。哥哥。这样的词她喊不出。太肉麻了。她可以接受肉麻，但暂时还制造不出肉麻。

我都快想死你了！

她心一烫。这种狂热在他的短信里是不多见的。大约是喝了点儿酒。想象着他的醉态，她忽然想逗他一逗：

哪儿想我？想我哪儿？
心想你，想你的心。眼想你，想你的眼。唇想你，想你的唇。手想你，想你的手。怀想你，想你的怀。我的他想你，想你的她。全身都想你的所有。

——呵，这小顺口溜说的。她不由得笑了。当然，她知道他这些排比句只是一种修辞方式。当不得真。不过，若是就此堵堵他的嘴，他又会如何应答呢？被这个念头催着，她便放逐了自己的好奇：

如果真的这么想我，你早就跑来了。

他沉默了半天。看来酒确实喝得不多，还明白她这话不好接茬。说自己忙？工作重于她？都是实话，但若真是这么实话实说，就显得笨，没情趣，与此时的气氛不搭。他怎么能让自己落下这种低级把柄呢？

他终究是聪明的，十分钟之后，给出了一个妙答：

不用我跑去，你每晚都会来到我的梦里。莫非你不知道吗？

不知道。

那我告诉你，在梦中你可乖了，可听话了……

悠长的省略号让她红了脸。她马上堵截他的发挥：

不许得寸进尺。

那我得一寸进半尺，行不行？

什么意思？

一寸是你的唇。半尺吗？我下面也只有半尺。

手机几乎都要从她手里松掉下去。她似乎看到他在对着手机坏笑。这色情的篡改，亏他怎么想得出来啊。

仿佛真的已经成为恋人。不知不觉间，她已经默许和顺受了他的许多言辞，甚至开始有些纵容和挑逗。偶尔，她的心是不安的。但更多的时候，她的心是安的。她心安的强大依据就是：她和他还没有上过床。身体的贞洁让道德安宁。虽然，贞洁得有点儿像伪贞洁，道德得有点儿像伪道德，安宁得也有点儿像伪安宁。——但是，怎么说呢？伪的时间长了，也似乎就像是真的了。而且会越来越像。丈夫在家的日子，晚饭后，她和他一起在沙发上看电视，偶尔看到有第三者的电视剧或者情感访谈，丈夫便会评论两句，她便以最正常的贤妻良母的姿态来应答他，神情安宁平静，仿佛那里面的情人角色和自己没有任何关系。

她的心，安得越来越沉着。对他的纵容和挑逗，也回应得越来越轻快。那天，他们正在电话里聊着天，她忽然看见窗户上流下了一道道湍急的小溪。

"我这里下雨了。"

"你哪里下雨了？"

她沉默了片刻。难道他没有听清她刚才的话吗？简直就是明知故问啊。他这么说，肯定有他的玄机。他的玄机总是映衬着她的愚钝。她微微犹豫着，很快就摆脱了这种无谓的犹豫。有什么关系呢？愚钝就愚钝好了，聪明就聪明好了。反正他的聪明也不恶毒，此刻都是甜美的引子。

"我这里。"她老老实实地说。

"哪里？"他的玄机果然来了。

她蓦然明白了。

"坏人。"她说。挑衅地一笑，"你想哪里就是哪里。"

"小雨，中雨还是大雨？"

"大雨。"

"多大？"

"你进雨里就知道了。"

他声音里的火焰几乎要把话筒都烧热了："那我要不要穿雨衣？"

"不用。"

"感冒了怎么办？"

"不会感冒。"

"为什么？"

"我替你支着伞呢。"

"宝贝，那我来了！"

虽然在想象中已经意淫了千回百次，但终究还是未曾实践。因此，尽管都是成年男女，此时却又仿佛都是处子之身。老练中都有生涩,生涩中又都有默契。是陌生的熟悉,也是熟悉的陌生。是一次次的似曾相识,也是一处处的惊喜之花。

那是他们第一次电话做爱。也是唯一的一次。她一直雨势淋漓,全身都下着雨:眼里,脸上,脖子,乳房,腋窝,下体……在湿淋淋的雨里,她全身的细胞都张着小嘴喊,伸着小手要。最后,她感觉自己开始向上飘。她飘啊,飘啊,飘啊,如果不是电话线拽着,她简直都要飞起来了。

"演习成功。"最后,他说,"咱们什么时候实战呢?"

她沉默。此刻,这种沉默可以解读为羞涩。但她知道,不只是羞涩。

在这个问题上,她和他的立场不一致。

因为妊娠纹。

六

从青春期开始,她对自己的身体就有一种近乎苛刻和严厉的唯美要求。这种要求到最后只能剩下一个感觉——看自己哪儿都不顺眼:下巴太尖,腮上的肉太多,腰粗,腿粗,手掌太厚,即使是最得人赞赏的白皮肤也让她觉得有问题——因为白,肌肉似乎都显得不结实了。和丈夫谈恋爱的时候,每当他有所冲动,她就会暗自奇怪:他究竟喜欢上了她的哪一点儿? 他怎么就看不出她有这么多毛病？她当然看出了他的一大堆毛病，但因为他对她的毛病视而不见，她也就只好表示出同等的宽容。多年之后，他们彼此的身体成为亲情的一部分，她才对自己当年的身体确认出了美好的回忆，才知道那时候丈夫对她的迷恋并不是太离谱。那时的她，确实不是自己认为的那么难看。

现在，到了相信自己曾经美丽的时候，在新的爱情面前，她却又跌进了另一轮的卑微和不满。不止一次，对着镜子，她试着用他的眼光来审视自己，评判自己，不由得重新陷入了沮丧。脸且不说了，从脖颈以下是这样的：乳房尚且丰满，却有些微微下垂。右肋下有一个疤，是小时候胸膜炎手术留下的痕迹。腰肢不粗，也不细，勉强还算得上圆润。大腿修长，只是肉有些松弛。最漂亮的应该是腹部，平坦结实，没有赘肉，但最不能看的也是腹部——整个小腹上，都是妊娠纹。

一层均匀的妊娠纹。初看时并不显眼，但用手指轻轻一动，就露出了端倪：一条条断裂的纹路从肚脐下方开始，沿着不规则的曲线朝隐秘之地蜿蜒汇集。每一条纹路都凹陷在皮肤里面，纹内的红与皮肤的白似乎中和成了淡淡的粉，但从不同的角度看去，又闪烁出一种奇异的银光，如一条条潜伏着的会变色的蛇。用手摸着时，是温暖的。可单用眼睛去看时，视线里很轻易便会充满了蛇的含意。

以前，她从不怎么在意这些妊娠纹。有什么呢？反正也不影响吃喝拉撒工资奖金。反正看见这些妊娠纹的，除了自己，就是丈夫。他陪着她的身体一路走来，审美疲劳，审丑也疲劳。而且，因为与他生养了孩子，这些丑陋的妊娠纹简直就是她该得到安慰和疼惜的绚丽徽章。——这是她孕育之路的猎猎战旗，是她身为母亲的确凿印迹，他怎能挑剔？怎敢挑剔？

但对苏，就不同了。

当然，从理论上讲，她曾经有过的最接近完美的身体和最接近完美的爱，给了第一个男人，她的丈夫。现在她能给苏的，只是残余的身体和残余的爱。他能给她的，也是一样。她和他之间，残余的身体对等残余的身体，残余的爱对等残余的爱。似乎很公平。——但是，不是这样的。当她真真切切地开始面对苏筹备出来的第一个夜晚时，她开始明白：不是这样。他和她之间，他不是丈夫，她不是妻子。他只是男人，她只是女人。她终于对自己承认：在身体的层面上，男人和女人永远不可能平等。二者根本没有平等的前提。对于女人来说，男人的身体之美，就是健康，只要有了健康，他就能去享受女人，也让女人去因此享受。这就够了。什么曲线，什么白净，有了自然也好，没有也不是那么要紧。至于疤痕么，如果男人的身上满是疤痕，那岂不是一则则沉淀下来的身体故事？疤痕下面的丰富历程甚至会让女人在想象中对这具身体更沉迷，更喜欢。

而做情人的女人呢？就该是年轻的，无瑕的，优美的。不该是她这样的——面对这崭新的情人身份,她这陈旧的身体简直无法交代。尤其是这些被凹雕出来的妊娠纹。小腹,这方连接上半身和下半身的重要平原,这方男人手掌最适宜停靠流连的情趣之地,她居然长满了妊娠纹! 她与另一个男人交欢生育的履历表,就这样被镌刻在了皮肤上,无可辩驳地记录着她曾经的历史和现在的衰微。她简直不敢想象:如果到了欢会的时候,这一肚子的花纹,怎么能呈现到他的面前呢? 她该怎么面对他呈现出自己这一个小腹满是妊娠纹的身体呢? 这堆规模浩大的证据,除了让她在苏的面前难看和难堪,还能干什么呢? 如同唱戏。花前月下,喉咙里的唱腔还是那般簇新和光鲜,饰演小生和小旦的人——尤其是她这个小旦——却已是满脸掉粉,不尽苍凉,是不是很荒唐? 是不是很滑稽?

让他疼惜? 切,凭什么呢? 有哪个男人会像某个小说的开头那样呢?

我已经老了,有一天,在一处公共场所的大厅里,有一个男人向我走来。他主动介绍自己,他对我说:我认识你,永远记得你。那时候,你还很年轻,人人都说你美,现在,我是特为来告诉你,对我来说,我觉得现在你比年轻的时候更美,那时你是年轻女人,与你那时的面貌相比,我更爱你现在备受摧残的容颜。

小说的名字她记不得了。似乎是个外国小说。肯定是个外国小说。只有外国小说里，才会有这样的疯话啊。

是的，就是这么残酷。她对着镜子说：在这个问题上，只要是女人你就得承认，作为物种上的弱者，一直以来，女人的身体就是被男人苛严的。即使你不对自己苛严，男人也会对你苛严。因此，现在，你自己对自己苛严，总比那一天到来时，他对你苛严要好一些。

她曾经去一些医院询问过怎么去掉妊娠纹，回答都说只能减轻一些，想要完全去除是不可能的。其中有个医生建议她，可以做文身。比如文很多细碎的玫瑰，或一组可爱的卡通图案。这些措施在视觉上可以有效地遮蔽一下那些可恶的妊娠纹。乍听时她眼睛一亮，再一寻思便觉出了不妥：如果文得不好呢？纹上加纹，岂不是更恐怖了？再说，该怎么向丈夫解释呢？退一步讲，即使丈夫不在意，那如果以后跟苏分手了呢？这简直是一定的。那到时候她把这些文身可怎么办呢？为了忘记而再去清洗吗？……犹豫了很久，她最终还是放弃了。

这也不行，那也不行。到底该怎么办才好呢？

她一筹莫展。

看着镜子里的自己，她常常习惯性地把手放在小腹，像弹琴一样去抚摸自己的妊娠纹。在她的抚摸下，那些妊娠纹会荡漾出缎子一样的波澜。波澜里绵密地起伏着一张张扁扁的小嘴，这些小嘴一副喋喋不休的样子，但是，没有声音。

七

那次电话做爱之后，他仿佛探到了她的底，开始了具体的约会谋划。如同短信的分寸一样，他对约会的安排也是很有讲究的。他来省城的机会很多，只要有时间，他就会约她出来，或者是在咖啡馆聊会儿天，或者是在茶馆喝会儿茶，这么几次之后，他才提出了过夜的要求。——实质性的约会，总要过夜的。

似乎很怪。自从明确了要在一起过夜之后，他们反而没机会了。总是阴错阳差。有时候他打算住下，却临时有事不得不回去。有时候他方便了，她却不行。原因是各种各样的：

"今晚加班。"

"昨天吃坏了肚子，不舒服呢。"

"刚来了例假。"

"他在家。"

没错。有时候是因为丈夫在家。——但是，有时丈夫出差在外，她也没有对他说实话。她甚至想：这样下去其实也不错。他和她可能永远也没有赤裸相对的那一刻，那她就不用担心她的妊娠纹了。在遇到他之前，她曾经想过很多次自己会碰到一个什么样的情人，自己会怎样和情人做爱。这种想象对她来说是个百玩不厌的游戏。但自从被妊娠纹困扰之后，她玩这个游戏的兴致就由浓至淡，淡至似无。

她绞尽脑汁地推辞着他约会的邀请。到了这个份儿上，如何推辞也需要很微妙的技术。既得听起来自然而然，又不能伤害他的自尊。——即使是这种只在两个人之间的极度隐私的事，也是有自尊可言的。很多次，她都想把妊娠纹的秘密告诉他，好让他有所选择——其实也不用想，他一定还会选择和她见面，他不至于会被她描述的妊娠纹吓到，她知道。但是，她最终还是沉默了。她无法启齿。她知道，从他的立场来看，也许她的这种告知更像是一种娇惹的拖延和有趣的提醒，甚至还夹杂着一种特别的暧昧，似乎她在用这种含蓄的方式向他表明：为了与他欢爱，从生理到心理，她都正做着积极的详尽的准备。

终于有一次，她几乎触摸到了妊娠纹的边缘："我觉得，我的身体很难看。"

"你可真有意思！"他在电话那边当即笑了起来，微微地顿了顿，"不是借口吧？"

是的，他当然要这么说。——为了妊娠纹？这确乎是太幼稚了一些。她已经年近四十，太幼稚的行为更像是一种不堪的矫情。

借口。这个词像一根细微的刺，忽然扎到了她的意识深处。

她想了又想,终于认可他的推断:确实是借口。面对着他,她对自己的身体始终充满了自觉的审视和警惕的怀疑。欲加之罪,何患无辞?即使没有妊娠纹,她还会找到其他的缺陷。只要去找,总能找到不适宜的部分:不甚洁白整齐的牙齿,总也摘不干净的几根刺眼的白发,两颊几处微微的暗斑……她突然有些恍惚:真的,只是妊娠纹的问题吗?真的,只是身体的问题吗?

——他当然不会听凭她的推辞。起初,他温婉地劝慰着她,引诱着她。她也假装懵懂地听凭着他的劝慰和引诱。后来,他渐渐觉得不妙,就显得有些诚惶诚恐,有些黯然神伤。她又不忍心了,便又放下了自己来安抚他。两人一退一进,一进一退,她道高一尺,他终于还是魔高一丈,给她安排出了今天。

今天,她推辞的伎俩已经山穷水尽。躲过初一躲不过十五,该清的账总是得清。做了这么多年财务,她太清楚这个道理了。

所以,她心一横,来了。

八

她一进去,他就抱住了她,不给她任何犹豫的空隙。他的亲吻那么暴烈,那么迅急。她几乎就抵抗不住了。在他持久的亲吻中,她慢慢地松弛下来,感受着他口腔里微甜的气息,她给他的,应该也是这种气息吧?在出门之前,她刷了好几次牙。刚才在电梯里，她又嚼了一片口香糖。

物质是基础。不知道怎么的，混乱中，她脑子里突然蹦出这句话来。

他仍然吻着她，她几乎就要沉浸在他的吻里。不做爱，就这么吻着也是好的。她想。但他的手摸过来了。他解开了她的胸罩。因为环抱着她的双手正好在她的后背，她无法阻挡。胸罩松开了。已经下了这么长时间的本儿，他一定是不到黄河不死心的。她知道。

我的乳房还不是垂得太厉害。她又想。

他的唇已经吻在了左乳上，舌尖灵敏地来回弹动，异样的酥麻几乎让她浑身战栗。她感觉到全身似乎都膨胀起来。身体，奇妙的身体。她想。上帝为什么要这么创造人的身体？她感到自己右乳的乳头也挺立了起来，无耻又天真地等待着他的舌。与此同时，他的手往下游走着，很快便走到了她的裙腰。他摸索着她的拉链，却摸不着。她有些想笑了。这条裙子的拉链是侧埋链，整个拉链都是隐形的。拉链头很微小，不太好找。

他有些急了，开始直接往下拽裙子。但是裙腰正好卡在胯那里，拽不掉。他把她的手放在裙腰那里，意思是要她自己拉。

她怎么能拉呢？

"我去解个手。"她说。

他抱紧她，孩子似的扭动着她，无声地拒绝着她的请求。

“解手呢。”她坚持说。

“一起。”他无赖道。

“去!”她打开他的手。

解手,难堪的事。物质得不能再物质了。她后悔自己为什么不说"上卫生间",只说这个,就足够了。

现在,她还站在卫生间的花洒下。

九

“咚,咚咚,咚咚咚。”

在门芯的磨砂玻璃处,她又看见了他的手在慢慢地敲打着,一下,又一下。他敲的力道比方才大,不然她不可能在这么喧嚣的水中还能听得到。她这才意识到花洒把她的背都冲疼了。是该停下来了。于是,她关掉花洒,用浴巾擦干了身体,站在了镜子面前。她再次看着自己的身体。这确实已经是一个中年女人的身体了。似乎是成熟的,风情的,艳美的,但是,骨子里的架子塌了。如同果树上最后的果实,是甜得不能再甜了,甜得和烂只有一步之遥了。

似乎还是可以的,不至于让她在他面前陷入如此卑微的心境中。自己这是怎么了?

敲门声止。她听到他接电话的声音:“好的……好的,很

069

快……再有两个小时……"

她沉默。两小时,她想。他肯定在掐着点儿算:多长时间脱衣,多长时间前戏,时间掌握得好的话说不定还能做两次……算。他会算。就是这个。除了第一次见面是天算,往后的她和他都是在人算。她算他是肯定的了,他对她呢?也是一直在算的,这简直是一定的。当然,他不图她的钱——他也料定她不图他的钱。钱是他不用算的。除了钱之外,她偏年轻的容貌,温和的脾性,稳妥的家庭,良家妇女的卫生,对了,还有她省城女人的身份——从他平日的戏谑中,她能感受到他对这个的在意:"你们省城的人啊……""你们省城的作风……""到底是省城呢……"能够找个省城的女人做情人,似乎让他感到一种隐隐的自豪。

短信,约会,电话……回想起来,他做的每一步都是那么有因有果,有车有辙,几乎无懈可击。他甚至不会专门为她跑来一趟,每次说来看她都有着工作缘故的附带——这样才能够顺理成章地报销费用吧?有一次,他给她买了一个漂亮的包,她去商场看了看,那个包将近两千块钱。——她忽然想:他会拿自己的钱给她买这个包吗?不会吧?一定是公款吧?那他会怎么做账呢?茶叶?文件夹?或是钢笔?这让她有一种隐隐的羞耻和微微的沮丧。

——太鲁莽的玩伴让她害怕,太聪明的玩伴却也让她沮丧。

太明白了。彼此。她跟他一交手就知道：他的算术有多么好。当然，她也不错。不然他也不会跟她算。那么，这些妊娠纹，这些让她懊恼不堪的妊娠纹——她笑了，这时她才恍然大悟——对他来说，这些妊娠纹当然只是一道最简单不过的算术题。大惊小怪是零分，视而不见是及格，当然，他当然会及格，他决不会对这些妊娠纹发表任何微词——他那么聪明！他会强装镇静，他的手会放轻力度，蜻蜓点水一般掠过这些妊娠纹，以此来证明他善良，他懂事，他仁慈，他知情识趣，有着称职的情人最起码的职业道德。当然，如果发挥出色的话，他很可能不只是及格，很可能还会拿到满分：夸这些妊娠纹像艺术品，像花……但是，在心里呢？在他最真实的内心深处呢？他会排斥，他会嫌恶，他会不寒而栗，他甚至会想要呕吐……当然，这些感觉并不妨碍他还会和她做爱，甚至还会做得兴致勃勃，毕竟和她上床的过程不是那么容易。他决不会浪费这样的机会。对了，她的妊娠纹很可能还会让他做得更肆意，因为这些妊娠纹很可能会让他对她的心理变得更放松，更优越，甚至更轻浮：相对于你这样的女人，我这样的情人还是不错的吧。你能碰到我，是你的福气呢。

就是这样。肯定是这样。

这道他不费吹灰之力就迎刃而解的题，她还要给他出吗？还要看着他算吗？等他算完之后，她再跟着检验一下那毫无悬念的答案吗？平日在财务室里还没有算够吗？跟上司下属同事们还没有算够吗？跟公婆小姑和妯娌还没有算够吗？甚至跟儿子和丈夫也都是算的,已经把心都算成硬邦邦的算盘珠子了,还要算吗？——还要跟他算吗？

她终于明白:到了这个份儿上,她已经不会爱,只会算了。她曾经以为的爱,不是爱。只是那么一点点儿没有被磨完的野性,一点点儿没有被完全湮没的棱角,以爱情的名义在婚姻之外生发了出来,在他和她不谋而合的共同算计中,这种貌似的野性和棱角生发得很安全,安全得如同动物园里的动物。而她的算,却是货真价实的算。算得细,算得深,算得透,算得脏。——当然,也不能否认他和她之间还是有一些干净的东西,干净得如同荷花的清香。她知道。

"乖,快点儿好吗?"他顿了顿,"我还有事呢。"

她微微笑了。没错,他还有事。现在呢,她就是他要做的事。在两小时之内。清香……她微微笑了。在一汪已经发臭的池塘里,那点儿干净的荷花清香又能够飘多久呢？

一眼看到底。

那么,到此为止吧。不能再继续了。没有必要再继续了。她知道。她的心口一阵疼痛。是前所未有过的疼痛。疼痛得很新鲜,新鲜得甚至让她有点儿惊喜。这大约是这场爱情——不,准确地说,应该是未遂的偷情——给予她的最后礼物了。她知道。以后,她连这种未遂的偷情和这种新鲜的疼痛都不会再有了。她知道。……呵,她知道。她知道。她知道。她知道。她知道。

——她知道。

她看着镜子,镜子里的这个女人什么都知道。

心如明镜。

可是,知道那么多干什么呢? 有什么用呢?

然而,她就是知道。她无法不知道。她控制不住自己的知道。她控制不住。她恨不得打自己几个耳光。

"啪!"她打了自己一个耳光。感觉不错。

"啪! 啪!"她又打了自己两个耳光。还真是痛快。

"啪! 啪! 啪! 啪!"仿佛上了瘾似的,她又续上了四个耳光。

因为刚刚结束的洗浴,镜子里的脸本来就很红,现在更红了。红得简直都要滴下血来。她默默地看着镜子里的这个女人,这个满面红晕的女人看起来似乎很羞涩,羞涩到了极点。

十

"乖,怎么了?"大约是听出了异样,苏在门外问。

她沉默。

"好了吗?"他开始扭动把手。她盯着那把手。一进卫生间,她就把门反锁了。

"好了吗? 说话呀。"听得出,他的耐心正在干涸。

她看着镜子里的自己。她已经穿好了衣服,盔甲重重。

"好了吗?"他的忍耐似乎到了极限,语气里有了焦躁。

"不好!"她突然大声地说。

他静默了片刻,或者,是很久。

"到底怎么了?"他终于又问。

"没怎么。你走吧。"她说。

"为什么?"

她微微笑了笑,重新陷入了沉默。为什么? 这真是一句可爱的发问。——因为我不想和你做爱。因为我不能和你做爱。因为我的妊娠纹不答应,因为我长了老茧的心不答应。

她继续看着镜子。她发现自己真丑。丑得真彻底。彻底得让她绝望。相比之下,门外的苏似乎还是可爱的——相对单纯的、直奔目标的可爱。而她没有目标。他不是她的目标。

她的目标,在哪里呢?

她低下头,用手轻轻地拨动着自己的妊娠纹,那些小小的裂口真像一只只小小的唇啊。它们想要说的,到底是什么呢?

"乖,开门好吗?"他再度忍耐,口吻里的担心盖过了欲望,"先打开门好吗? 有话咱们好好说好吗?"

"不好!"她喊。

"乖……"

"不好不好!"她的喊湮没了他的声音。

"不好不好不好不好!!!"她不管不顾,一迭声地喊。

长久的静默。然后,她听见他走出了房间,重重地带上了门。

她仍然默默地看着镜子里的自己。看着,看着。突然,无声无息地,卫生间的灯忽然灭了。

——插卡取电,取卡断电。

她仍然看着镜子。没有光照的镜子很暗。暗光涌动中,她面如鬼魅。如那首诗中所言,她已然在瞬间变老。

只是,没有那么从容。

"不好。"她微微地笑了笑,喃喃地对自己说。

这一刻,她知道自己是疯了。

良 宵

一

在这个地方,穿衣服总是显得怪异的,无论穿得多么少。她穿着统发的胸罩和裤头——洗浴中心大约是世界上唯一给员工们统发胸罩和裤头的地方了。这两样就是她们的工作服。

胸罩是艳足足的大红,裤头则是两侧带透明网纱的黑,这两种颜色的搭配按说应当既性感又精神。但在一群白花花赤裸裸的女人堆里,是谁都不在意的。这性感和精神没了用处,就变得有些灰不塌塌了。

她在第二个床位边,慢慢地搓着手下的身体。慢,因为速度的错觉,也可以看成细腻和精致。这是一个老人的身体,她们行话里叫"皱"。"皱"是最难搓的。"皱"又分"胖皱"和"瘦皱"。她床上躺着的,是个胖皱。相对来说,胖皱比瘦皱还要好搓些,多少有些肉,能把皱撑得展些。那些瘦皱,层层叠叠的,只有皮。不下力,搓不净。下了力,她们又不经搓,会哎呀哎呀喊疼。难伺候呢。

　　西北风一起，来这里洗澡的人就多起来了。都说是一层秋雨一层寒，对洗浴中心来说，却是一层秋雨一层钱。今天是星期日。是一周里客人最多的时候。这是有缘故的。如果把双休日比作一道玩乐大餐，那一般都是周五订菜谱，周六做菜吃菜，疯欢一日，周日呢就得整理残局。该洗的洗，该睡的睡，总之是收拾锅碗瓢盆的日子。——人的身子可不就是最麻烦的锅碗瓢盆嘛。

　　这两年，洗浴中心的生意越来越好。以前洗的男人多，把这洗浴中心当成了一个上档次的地方，每人三十八元，二十四个小时，洗完了可以免费看电视，看电影，打麻将，下棋，健身，上网，还可以免费开个房间休息一晚上，连带免费第二天的早餐，又新鲜好玩又经济实惠。后来开洗浴中心的越来越多，生意抢得越来越厉害，就把女人的钱包也瞄上了。女人们账算得细，商家的账也跟着算得细：现在什么都涨价，外面最一般的大澡堂子也得四块钱一张票，全身搓澡另加四块，好歹得八块钱呢。在这里洗环境又好，又不挤匝，即便价钱高些，也高得眉清目秀，不是一笔糊涂账：带按摩每位二十八元，不带按摩每位十八元，十八元里有什么呢？一条毛巾，一条内裤，一双袜子，质量都不怎么好，可总归都是崭崭新的。再加上无限量免费提供的洗发水护发素沐浴液以及搽脸的"大宝"，还有全身搓澡，蛮划算的。她有几次看到那些洗完澡的女人往脸上搽完"大宝"又往手上和身上搽，有的还往脚上搽。一瓶"大宝"六块五，她一个身子搽完，用了半瓶。单这一项，就从十八块里捞回了三块。嘻！

"你儿子这个月的生活费得了吗?"三号床的搓澡工问她。

"唔。"

"什么时候得的?"

"我们是半年一给，早得了。"她有些不情愿地含糊道。其实还没给，她不想说那么多。她也知道对方问也只是为了自己说。

"我那死鬼还没给呢。两个闺女，一个月才给五百。还不按日子给。你说缺德不缺德? 五百，够什么吃的? 莫不成叫我们娘儿仨喝洗澡水?"三床的唠叨声有些远去，是绕到了床的那一边，"你还好，一个儿子，给五百，虽说儿子吃得多，可总比我这两个闺女吃五百宽裕。五百，两个五百，一个才二百五，啧啧，说出来好听?"说着三床忍不住笑了，她也笑了。她们手下的两个身体也都笑起来。

"你不会告?"三床的客人说。这是个年轻的姑娘，她闭着眼睛，仰躺在那里，胳膊朝着头的方向全力抻着，有些像仰泳。

"说着容易做着难。丢不起那个人哪。"三床叹道，"就是我丢得起那个人，两个闺女还不依呢。一边恨着，一边护着，也不知道她们是什么主意。"

"亲便亲,打断骨头连着筋。"她手下的胖皱说。

她一边听着一边将胖皱的胳膊折起,露出肘,在肘上圆圆地揉着。是啊,自己那儿子,还不是一样? 一边恨着爹,一边护着,不让她说半句不是。但凡他来看他,他就绷着脸,也不和他多说半句闲话。她在一旁看着一根血管出来的爷儿俩,又解气又堵心。

造孽啊。

"什么时候轮到我们?"一个欢眉溜眼的小姑娘呱嗒呱嗒地跑到她的身边,"我们等得花儿都谢了!"

一群人哗地都笑了。总是有性子急的人。可再急也没有用,这里有这里的规矩。进门时发的那个带着更衣柜钥匙的电子手牌就是规矩,搓澡就是按手牌号的先后顺序来的。

"一会儿就会有人叫手牌号。"她道,"你仔细听着,叫到你,你就可以来了。"

"还得多久啊?"

"很快。"

二

丈夫姓花,是她一个厂里的推销员。——已经是前夫了,她还习惯把他当成丈夫。当初找他的时候,母亲不太愿意,先挑剔工作，说推销员没几个本分的，完了又挑剔姓，说："姓什么不好偏姓花？花不棱登的。将来有了孩子，取个什么名儿好？花灯？花边？花粉？花卷？花砖？花菜？花椒？花柳病？怎么叫都难听。"瞧瞧，连花柳病都诌出来了。她的心已经对花开了花，就不乐意了，顶撞母亲道："不是还有花云吗？还有花木兰呢。还有花木莲……"

"花云花木兰我知道，那花木莲是哪个？"母亲果然糊涂了。

"花木莲么，是花木兰的姐姐。"她笑了。

要死要活地跟了姓花的，心甘情愿地被他花了，没承想他最终还是应了他的姓，花了心，花花肠子连带着花腔花调，给她弄出了一场又一场的花花事儿。真个是花红柳绿，花拳绣腿，花团锦簇，花枝招展，把她的心裂成了五花八门。起初都是她闹着要离婚，他不肯。到最后一次，他先提了离婚。他一提她就傻了。雷打千遍，要下真雨。她这才知道自己没有雨伞，没有雨衣，连屋顶也是漏的。但她硬生生地赌着一口气，在协议书上签了字。儿子房子都归她，另加三万块钱的存款。他说他净身出户。——连厂里的工作都辞了，说去开店做生意。可他们离婚刚刚一个月就听说他又买了房子结了婚，那女人比她小十岁。后来她才拐弯抹角地知道那个女人早就跟上他了，他们结婚的时候，他们的女儿都上幼儿园了。

儿子叫花岩，那个女孩儿该叫什么名字呢？花朵？花瓣？

花篮？花蕾？花鼓？没事的时候,她会瞎想。想着想着便会笑自己,能过好自己的日子就不错了,还寻思人家。真是咸吃萝卜淡操心。

"喂,你知道吗？老八的男人也有人了。"三床说。

"知道。"她昨天就听说了。老八是八床。丈夫是个出租车司机,搭上了个开卫生用品店的女人。

"一个卖卫生纸的,他一个男人家,怎么就和她混到一起了！我说老八:我要是你,就一把火把她的店给点了。都是纸,好烧着呢。把那个小婊子的毛都趁势烧干净！对这些人,不能手软。你就是太软。离什么离？揪住他,别丢,拖也拖死他！"

"那不也拖死了我？"

"傻呀。他找,你不会也找？你就是不找,也得和那个女人当面锣对面鼓地闹一场出出气才是！就这么鸦没雀静地离了,我啥时候想想都替你窝囊！"

她笑。是啊,她也觉得自己窝囊。知道丈夫给自己藏了这么多猫腻,她也没有去闹。她对自己说:你就是去闹了又能怎么样呢？能把丈夫铁了的心回回炉熔回来吗？当然,也是不会闹,不敢闹。这场拔河比赛,那母女两个赢了他们母子两个。她没分量是自然的,可儿子终归是个儿子呢。能让丈夫狠下心撒开手,可见那女人有多么厉害。

就这么着,她就轻轻易易地放过了丈夫和那个女人,直到现在,也没有见过那个女人一面。好事成双,祸不单行,离婚不久,她就下了岗,三万块的包赔费拿到手,她赶紧存到了银行,三年期。儿子今年才上的高一,三年过去考上大学,这笔钱正好派上用场。还能多出万把块钱的利息。没了远虑,还有近忧。五百块的生活费就是吃馒头配萝卜条也不够,亏得她还能打能跳,就使出了浑身解数去挣。儿子一天三顿饭少不了,这三顿饭也把她的时间切成了三截。于是她上午去做钟点工,下午去超市卖菜,晚上来这里搓澡。

　　放过了别人,她没有放过自己。有一段时间,儿子迷上了网吧,三天两头偷她的钱逃学去上网,她怎么苦口婆心地劝都没有用。实在不知道该怎么办,她又恨儿子又恨自己,留了遗书,晕着胆子用水果刀割了腕。刚好母亲去给她送饺子馅,把她抢救到了医院。来看她的人最多的就是三个字:"想开些。"母亲也是这三个字。她耳朵都听出茧来了。那天她对母亲嚷:"想开些,想开些,谁不知道想开些?! 你们告诉我怎么想开些!"母亲不说话了,呜呜地哭。她也呜呜地哭。天知道她是多么想想开些啊。可挨个儿去找碰到这种事的女人们问问,哪个是想想开就能想开的? 谁有这个本事?

三

现在，她的手下换成了个中年女人，她们行话里叫"棉"。这样的女人偏胖，肉又松，面积大，质量差，一搓起来就全身晃，可不跟棉花似的？这是小小的肉的海，这儿凹，那儿凸。搓凹的时候，凹的会更凹。搓凸的时候，凸的会四处流淌。因为肉不定型，"棉"的犄角旮旯还特别多。不过这样的女人也有她的好处，身体既是走了样，就很在意皮肤。就给了她机会。

"哟，你这皮肤多好啊。"她郑重地称赞，她的称赞因她的郑重而显得越加诚恳，"这好皮肤，可是不多见呢。"

"干。""棉"说。

"冬天哪有不干的？皮肤都缺水。"

"洗澡不就补水了？"

"那不一样。洗澡补的水太浅，就像渴的时候喝了口水，却只在嘴里漱了漱，又吐了出去。要补，得深补。蜂蜜，牛奶，都行。我仔细地给你按摩一下，肯定吸收得可好。"她的口气清淡又随意，"咱这里有纯天然无污染的蜂蜜，要不，一会儿推一个？"

"那就推一个吧。"

她表面不动声色，手更加体贴地游走着，心底却暗暗地舒了一口气。

　　起先，她是不爱说话的，后来渐渐地就说开了。不说不行。一是整天闷闷的，别人看着别扭，自己也觉得和别人格格不入。合不了群，就孤单生分。二是不说话就只能搓平常的澡，她们行话叫"普搓"，一个普搓她们只能抽三块钱。平日里一晚上也就普搓十来个，周六周日再多出十来个，一个月就千把。可要是能说动客人推个牛奶蜂蜜海藻泥，把这个收入和洗浴中心五五开，那就能多挣个一二十块，值多了。有那么几次，她还推销出了她们能力之内最贵的美容保健套装，提了三十块钱呢。老话道：会说能当银钱花。挣这个钱自然有运气的成分，更多的却是话里绕的功夫。认清了这个理，她就开始下这个功夫。还特意买了几本书研究。想向别人传道，自己先得懂经嘛。

　　当然，这事也得看菜下碟。来这里洗澡的女人要说日子都过得宽松，可人和人还是不一样。有的人躺在床上，浑身上下紧紧巴巴，打眼一瞧就知道是头一次来。给她们搓澡的时候，她们的神经也是紧巴的，总是赶趁着她的手。她的手还没搓到胳膊呢，她们的胳膊已经抬起来了。还没搓到膝盖呢，膝盖已经弯出来了。这样的人，她的手劲儿轻些重些，她们都不说什么。她也不问。而有些人呢，就舒舒展展软软和和地躺着，一望而知是常客，等着她的手来调停。随她搓哪儿，随她怎么搓，都是一副自在的架势，就是手劲儿上有讲究，她要时刻地问轻不轻，重不重，

084

背上要不要多按几巡,小腹要不要多按几圈。特色补养的那个钱,多半都是赚在这些人里。而这些人里又分几种:利落着口气要补贵的,那是有人买单,自己不掏腰包,大都是官太太。花钱的时候便有一股威风凛凛的劲头。仔细把价钱和功效问个明白才补的,是会过日子的精明老板,做生意的多些。在补不补的问题上犹豫半天才下决心的,约略都是些光景刚刚开始改观的小家妇人。

因为眼明心亮,她只要开口,建议的成功率就很高。熟客虽然很少,且绝大多数人都只是一次交易,但对她来说,也就够了。铁打的营盘流水的兵。只要她这个营盘在这儿,只要有流水的兵,只要兵们的水能流到她的荷包里一两绺儿,就总能让她和儿子的日子活泛一些。

四

"海! 来这张床!"一个年轻女人在二号床上躺下,朝刚才催问过的小姑娘叫道。小姑娘正在池里玩,闻声滴滴答答地跑了过来,一下子就爬到了三床上。

小姑娘看起来七八岁的样子。她们行话里管这种客人叫"水"。可不是水吗? 从头到脚,从眼睛到指甲,哪儿都嫩生生水灵灵的。搓"水"的时候,她们是格外愉快,也是格外小心的。

一是"水"身上不藏泥,一搓就净,既省力,钱也不少拿,搓得精心些是应该的。二是生怕手一重就把"水"搓干巴了,搓疼了,搓跑了。三呢,她们都喜欢和"水"说话,和"水"说话最有趣。

"多大了?"三床问。

"再有一个月就七岁了。"

"叫什么名字?"

"你猜。"

"那可不好猜。你这不是让我大海里捞针嘛。"

"嗳? 你这句话里就有我的名字。"

"针针?"

"还线线呢。"小女孩大笑起来,"海,大海的海。刚才我妈都叫我了。"

"我还以为你妈叫的是'嗨'呢。"三床也笑起来。搓着她一鼓一鼓的肚皮,"怎么取个男孩子名儿?"

"又没有规定女孩儿不能用。有个唱歌的女歌手还叫祖海呢。"小姑娘嘴巴真是麻溜。

"上学了?"

"嗯,一年级。"小姑娘咯咯咯又笑起来,"痒!"

年轻的母亲一直闭着眼睛。她顺起她的胳膊,把腕上的玉镯摘下来,放到一边的塑料高凳上。

"镯子成色看着挺不错的。"她说。其实她不懂。不过,好话不蚀本嘛。

"嗯。岫岩玉。"女人说，"孩子爸爸出差给买的。"

"能经常出出差，多好。出差了还想着你，多知道疼惜人。"

女人嘴角微微一扬："早两年就辞了。自个儿单干。"

"单干也好。一心一意给自己挣，肥水不流外人田。"

……

女人扬着的嘴角一直没有放下。好话谁听着都受用啊。

"爸爸亲还是妈妈亲?"三床还在逗着女儿。

"唉，我都多大了还问这个。"小姑娘皱了皱眉，"能不能说点儿新鲜的呀?"

"新鲜的我们不懂，你说说我听。"

"好，那我给你讲几个脑筋急转弯吧。"小丫头来了兴致，"有一个人边刷牙边吹口哨，你说他是怎么做到的?"

"练出来的呗。"

"他刷的是，"小丫头得意地绷绷嘴，"假牙。"

周边搓着和被搓的人又一起笑了。母亲侧过脸，甜滋滋地看了女儿一眼。

"一头牛头朝东，朝右转三圈，朝左转两圈，再朝右转三圈，它的尾巴朝哪儿?"

"嗯……让我想想。"

"想什么想? 朝下呀!"

......

在笑声里，她把目光投向对面的淋浴区。哗哗的水流下，全是赤裸的身体。胖的，瘦的，高的，矮的，每一个成年的身体上，都有那么几处黑。从黑发，到腋下，再到大腿根儿。小时候总是不明白：女人为什么是女人？为什么女人长大了就变成了这个样子？现在总算是明白了：没有为什么，女人就是女人。女人长大了就得变成这个样子。常常的，她搓着不同年龄段的女人的身体，从几岁、十几、二十几，到四五十、七八十，她就会有些恍惚。仿佛这些人都是一个人。也仿佛就是自己。于是，恍惚中，她的心里会涌起一阵阵莫名的酸楚和怜惜。

五

女儿搓完半天了。她才把母亲搓了一半。这是个典型的少妇的身体，她们行话里管这种女人叫"瓶"。真的是瓶呢。瓷实的肉，流畅的曲线，怎么看着都像瓶。这样的瓶插着女人的花，也插着男人的念想。"瓶"的乳房饱满，圆润，如鼓胀的碗一样反扣在那里。她的手搓她的乳房时，能感觉到海绵一样丰柔弥漫的弹力。这样的身体几乎没有褶皱，是好搓的。不过，也有让她费力的地方，就是泥藏得深，得搓两遍甚至三遍。这满月一样的身体生机勃勃，连污垢也是生机勃勃的，灰白色的泥卷一层层涌上,似乎永远也搓不完。直到搓到她们的皮肤都红彤彤了,才有些干净的意思。

她又开始搓她的背。这个背光洁得如家里的小案板,可以用来擀面条。她也有过这么光洁的小案板似的背啊,当年使得丈夫那样爱不够,在前面要过她,又在后面要她。她不肯,他就猴子般地缠在她身上求着她。

"你怎么回事?搓着我头发了。"客人说。

她回回神,将客人散乱下来的发丝绾上去,继续搓。已经十点了,洗浴的人还在不断地涌进来。看来今晚得搓过十二点呢。

没有比她们这一行能够见识更多的人体了。下午,她在熙熙攘攘的超市里看穿衣服的人;晚上,她在熙熙攘攘的大澡堂子里看不穿衣服的人。白天她看人的奇装异服;晚上,她看人的奇身异体。有一个女人,浓密的体毛从肚脐眼一直连到私处,让她搓澡都没办法下手。有一个女人除了头发全身寸草不生。有一个女人两瓣屁股,一瓣大,一瓣小,一瓣扁,一瓣圆。有一个女人上身黑下身白,有一个女人前面红后面黄,有一个女人的两只乳上都刺着玫瑰,有一个女人的背上文着一只老鼠……更多女人的体征是在小腹,两道疤痕,不是横的就是竖的——剖宫产的印记。有一次,她在一个女人的下颌摸到了一堆大大小小的硬核,那女人告诉她,她刚做了下颌吸脂手术,把双下巴吸掉了。还有一次,她在一个女人的乳房边上摸到了一坨怪异的软体,那女人告诉她:这是假胸。里面垫了硅胶。嘱咐她轻一点儿。于是当她又一次在另一个女人的乳房边摸到硅胶的时候,她很自然地就把手放轻了。那女人要她重些,她说怕压坏里面的硅胶,女人勃然大怒道:"你胡说什么? 什么硅胶? 我是货真价实! 你一个臭搓澡的,要你干什么你干就是了。穷嘴呱嗒舌,有你说话的份儿?"

本来她想忍。这一行好听些叫服务性行业,不好听些就是伺候人的行业。伺候人也就是一个字:忍。一般般的气,比如手重了手轻了被呵斥几句,人多的时候等搓澡的工夫长了发些牢骚,都在情理之中,能忍也就忍了。"忍气免伤财",她也是说四将五的人了,这个道理怎么会不懂? 懂了就好,将那些恶声恶气恶言恶语如她们身上的油泥一样搓下来,被水哗啦啦地冲走,也就罢了。可是那天,她不想忍了。搓澡的就中了,凭什么骂还加个"臭"字? 她哆嗦着嘴唇回敬那个女人:"再臭也比你的嘴巴香!"

"啊哟,你这么香怎么不摆到香水柜台去卖,在这里下力气给人搓脚摸屁股? 这是祖坟上烧的哪一炷高香修来的福分?"一竿子打翻一船人。女人的薄嘴皮子如刀,把十几个搓澡工的脸都割出了血。于是这些个搓澡工都住了手,围过来和这个女人理论,女人开始还死鱼一般瞪着眼犟着嘴,到后来也怵了,灭了气焰,灰溜溜地下了床,走了。

那天晚上下班之后,她把一帮姊妹们拦住,请她们吃了夜宵。不过是到一个大排档点了几个小菜,一人一碗馄饨,一小杯啤酒,可她们都喜悦得什么似的,笑声顶得大排档棚布上的红蓝条条一鼓一鼓,直冲向天空。

六

"推个牛奶。"终于搓完了。女人躺着不动,说。

"噢。好。"

乍看都是赤裸的女人,仔细看却不一样。肤色肥瘦高矮美丑仅是面儿上的不一样,单凭躺着的神态,就可以看出底气的不一样。有的女人,看似静静地躺着,心里的焦躁却在眉眼里烧着。有的女人的静是从身到心真的静,那种静,神定气闲地从每个毛孔冒出来。有的女人嘴巴啰唆,那种心里的富足却随着溢出了嘴角。有的女人再怎么喧嚣热闹也赶不走身上扎了根的阴沉。更多的女人是小琐碎,小烦恼,小喜乐,小得意……小心思小心事不遮不掩地挂了一头一脑,随便一晃就满身铃铛响。

见的多了,听的也就多了。女人光着身子躺着的时候,心也常常是光着的。搓个澡半小时的工夫,总有些憋不住的女人要说些什么。偌大一个城市,在澡堂子里川流不息,谁也不认识谁,谁也不知道谁,多半以后谁也见不到谁,那说说也就说说了。

有一次,一个女人对她讲她和小叔子睡了觉。说她自打过门,小叔子就开始缠她。她拗不过,就给了他一次。有了一次就有两次,三次,乃至无穷次,刹不住了。她一直以为丈夫不知道,后来才知道丈夫也是知道的。然而知道也就知道了,日子还是糊糊涂涂地过了下去。还有一次,她给一个年轻女人搓澡,那个女人满身都是刚刚褪去疤痕的伤印。她告诉她:这是被客人虐待的。她是笑着告诉她的,说疼虽然疼,疼里却也有快乐。看着她目瞪口呆的样子,她朝她打了个榧子:"说了你也不懂。"还有什么事呢? 丈夫比自己年龄小,晚上贪,例假也不放过,让她的妇科病从没断过。不过也好,省得去外面闹。炒基金大赚,股票上涨,昨天在大户室却亲眼看着一个熟人脑出血猝死。还有一次,她听两个老师模样的客人聊天,一个感叹人生如梦,一个感叹良宵苦短。人生如梦的意思她是明白的,良宵苦短是什么玩意儿呢? 她小心翼翼地请教客人,客人笑道:"良宵么,就是美好的夜晚。良宵苦短么,意思就是美好的夜晚总觉得是短暂的。"她点点头:长见识啊……形形色色,色色形形。搓澡工这样一个低微的职业,却因为短暂地亲近着她们的身体,便让她们的话都如身上的水一样,有了向下流淌的欲望。

她越来越喜欢这里了。听着客人们的闲言碎语,和这些个搓澡工说说笑笑,一晚一晚就打发过去了。等到客人散尽的时候,她们冲个澡,互相搓搓,孩子般地打打闹闹一番,回到家,倒在床上就睡到天亮。如此这般，夜复一夜，虽然累，却因为有趣，因为挣钱，居然也眨眨眼就过去了。——良宵苦短，真个是呢。

逢到有什么好事，比如发了薪水，比如儿子测试的名次又靠前了，她的心情就会更好，简直是想什么什么好。看到了比自己好的，她会想：还有这般好过的，说不定自己也能过成这样吧。日子还有奔头呢。看到了比自己差的，她就想：这外光里涩的日子，还不如自己呢。看来自己的光景还不错。看到那些不好不坏的，她就想：这世上的人和自己都差不多吧，自己能随个大溜，这不也挺好的嘛。就是丈夫的事也不那么可恨了。虽然让她落了个孤儿寡母，可那是个什么丈夫！离了就离了，不可惜。他另找就另找吧，他享他的花花福，自有人替她来受他的花花罪。她不信他狗改得了吃屎。现在的日子虽然不宽展，却也有房子住，银行里还有七八万的存款，自己还挣着一两千的活钱，儿子每天都能吃上荤菜，换季就有新衣，也不是太没办法。最要紧的是自己身子好，能兼着几份差，儿子也越来越懂事，知道学业上进——那次割腕不但没有死成，还戒了儿子的网瘾，开了他的灵窍，真真是天照顾呢。

渐渐地，她就觉得她的心似乎的确和以前不一样了。如同母亲劝自己的一样：想开了。这个开从哪里开的，怎么开的，似乎还不明白。但开是肯定开了的。

开了就好。心好了，手也好。心随手动，她搓澡搓得自然就越发轻快。一个又一个身体在她手下娴熟地翻动，脖颈、肩胛、乳房、肋骨、后腰、大腿根儿、小腿背儿、脚指头、手指缝儿……手到之处，泥垢滚滚而出，白花花的肉体前，她居高临下，是技法超群的医生，是手艺出众的厨师，是胸有成竹的导演，是指点江山的统帅，是不可一世的君王。在一个又一个身体的间隙，她用水盆冲洗床面。飞翔的水珠顺着她甩开的双臂在床面上跌落，瀑布一般欢流下去。这短短的一两分钟，是她喘气休息的唯一空当。她会长长地直一下腰，吐两口气，然后，把身体再次弯下去。

七

"妈，你什么时候能好啊。"小女孩又过来催的时候，她刚刚给女人涂满牛奶的身体按摩完最后一把。

"去把手机拿出来，让我给你爸打个电话。"女人把湿漉漉的手牌递给小女孩。小女孩接过手牌，蹦蹦跶跶地朝更衣室的方向跑去。很快就回来了。走到女人身边，却没有把手机递给女人，而是自己嘀嘀嘀按了一通号码。

"爸，你洗好了没有？"又将脸转向女人，"他早就洗好了。"

"让他在外面等我们。"

小女孩向手机转述了妈妈的话，很快便把小嘴噘了起来："爸说他不等我们，我们太磨蹭，他要先回家。"

"他敢?!"女人淡淡地说,一边朝淋浴那边走去。

"爸,你敢?!"小女孩跟在女人身后,对着手机嘻嘻笑着。那边不知道说了什么,女孩的神情愈加放肆起来,清脆的童音高亢激越,"花志强,你敢?!"

她站在那里,一瞬间,怔了怔。手停住了。整个澡堂子都静下来,在她心里。所有的水都没有了声音,就像她身体内所有的血都停止了流动。

是她。就是她。那个女人。刚才躺在那里的,就是她。刚才搓澡时的细节一下子涌到了她的脑子里,争先恐后,摩肩接踵,把她的头都要挤炸了。她感到一阵阵恶心。她想吐。她捂住眼睛,捂住嘴巴,但是没用。记忆中那女人的身体闪着冰一样雪亮的光,朝着她刺过来,刺过来。

她一屁股坐在了凳上,觉得自己再也没有了力气。在坐下去的瞬间,有什么东西硌了她一下。她把那个东西摸索到了手上。

是那个女人的玉镯子。

这个可恶的女人。这个该千刀万剐的女人。这个抢走自己丈夫的女人。这个狐狸精,贱人,骚货……她想骂,什么都想骂,却一个字都出不了口。这些话都在喉咙里挤成一团,交通堵塞。

"二床。"有人叫她。她不应。三床叫她,她也不应。三床和四床走了过来,摸了摸她的头,问她怎么了,她还不应。五床刚刚搓完一单,替她把客人接了过来。三床和四床着急地晃着她,其他的搓澡工也询问着向这边走来。在众人的围绕中,耀眼的冰光终于黯淡了下来,她抹了一把脸。

"累了。"她说。

三床和四床把她从凳子上拽了起来,让她赶快冲澡回家。她茫茫然地走到一个淋浴格内,打开开关。温热的水流顿时倾头而下,却似乎和她的身体毫无关系。她低头看看自己,这才发现胸罩和裤头没有脱。

这是她的身体,比那个女人衰老十年的身体。这个身体和那个身体都和同一个男人的身体有关。不同的是,这个身体是旧居,那个身体是新房。这个身体过去得到的爱抚,那个身体如今正在得到。这个身体今晚还给那个身体搓了一个昂贵的澡,回去之后他们就会有一个不折不扣的良宵……那个身体一直在羞辱着这个身体,从过去,到现在。

有说话声响起。不用看她也知道,是那个女人。她就在她隔壁的格子。她盯着旁边的盛物架。里面都是洗浴用品:飘柔洗发水,东洋之花洗面奶,力士护发素,隆力奇沐浴液……飘柔的瓶子最大,两千毫升的量,有四五斤重,砸下去能不能砸个包?或者干脆就揪住她头发打?她的头发挺长的。她要是开打,那帮姊妹们一定会帮她,她不会吃亏的……打!打!

她一拳头捶在雪白的墙砖上。她想不开,想不开,想不开。

以为自己已经想开了,可事到临头才知道自己还是没有想开。有什么在冲撞着她的心,像洪水,又像岩浆,一浪一浪,一波一波,眼看就要把她撞破了。

撞破了,她也就好了吧?就像一个脓疮,挑开了,把毒挤出来,也就好了吧?

花洒里的水噗噗地落在她的身上,汇成一条条溪流。她的泪水混在溪流中倾泻而下。真没出息!你他妈的真没出息!她骂自己。该哭的人在隔壁,你哭个什么劲儿?!可她就是控制不住自己的泪水。所有的委屈都跟着水哗哗地奔流出来。她背对着浴池,面朝墙壁。没人听见她抑制不住的低声的呜咽。没人看见这个女人的表情。只能从她的红胸罩和黑裤头可以判断出,她是个搓澡工。

她直直地站在那里,如一棵立正的树。

八

不知道哭了多久,她止住泪,转过身,又看见了那个女人。

女人冲好了。女人来到了化妆镜前。女人取了一支一次性牙刷。女人打开牙刷,女人挤出牙膏。女人刷牙。女人叫女儿过来刷牙。女人刷了两遍牙。女人用毛巾去擦嘴角的余沫。女人上了一趟卫生间。女人又回到另一个淋浴格里冲了一遍澡。

她一直站在那里看着那个女人，没有动。

女人就要走了。

女人和孩子走到了门厅处。

她忽然感觉到了手里的异样：她还拿着那只玉镯。

女人和孩子各取了一块浴巾，换了拖鞋。

水流中的玉镯看起来晶莹碧透，鲜绿无比。她紧紧地捏住这只玉镯，似乎要把它捏碎。——可是，她拿着这只镯子干什么呢？她忽然明白：无论如何，她都必须得把这只玉镯子还给她。她不能让这只玉镯子留在这里，留在今晚。决不能。

但她不能送到她手里。

她要让她自己来取。

她得叫住她们。

然而，怎么叫呢？叫孩子还是叫她？叫"花海"，还是"花海她妈"？

她不知道。

没有时间了。她们就要消失在门厅那里了。雾蒙蒙的水汽中，她顿了顿，终于高高地举起了那只镯子，仿佛举起了一个饱盈盈翠生生的句号。然后，她使出了全身的力量，朝着两个即将转弯的身影喊道：

"哎——"

上电视

你真不去？

不去。我真他妈的受够了。

好吧。

她挂断电话。早就预料到会这样。当初这个奖评出来的时候，她第一时间打电话给老吴，他的反应就是破口大骂：早就说不要不要，还非要给我，我都退休了，要这个虚热闹有啥用？应该给年轻人的，他们偏不给。一群王八蛋！

老吴一般不骂人，毕竟高级知识分子这个标签在他身上贴了几十年，不好用粗话随时来撕掉的。可她没少听。老吴是她的前辈。德高望重，所有人都用这个词来形容他，所有人和老吴说话的时候都必称您，她不。她和老吴已经到了不用敬语的程度，她不觉得是无礼，老吴不觉得是冒犯。

老吴不去，作为老吴的后备接班人，她就得去。她清楚这一点，但还是安排小余先去。周五晚上直播，今天才周三。她不能亲自在那里熬这两天。碰到这种破事的原则只能是：能抵挡多久就多久,能拖延多久就多久。

回想起来,她调到院里也有十五年了。当初就是老吴去县里考察她,把她调上来的。当时老吴是院里的常务副院长,她是县科委的一名小公务员,因为在权威杂志上的一篇论文被老吴看到,就把她调进了这家赫赫有名的省级学术单位。从县里直接调到省里,在当时可是石破天惊的一大新闻。她去市委组织部办手续的时候,好多人闻讯跑过去看热闹,说是想看看什么人有这么大的能量。

老吴后来告诉她,她不过是运气好。除了那一点儿小才,她有什么能量?什么能量都没有,院里已经好多年没有进人了,最近有好几个能量大的打开了重重关卡,却没有什么拿得出手的业绩,就把她搭配了上来。她既有点儿小才,又来自基层,还最年轻,拿她做个人才引进招牌最合适不过。

小才,小才,我的才是有多小?她抢白老吴。

老吴就开心地笑起来。

她一直记得老吴去县里考察她时的情形。老吴先找到她,她带着老吴去单位后院见领导,一路上穿花拂柳,她小心翼翼地问候致谢,老吴目不斜视地简约应答。见了领导,领导热情地寒暄着,老吴依然话语金贵,不苟言笑。她在一旁伺候,给他们端茶倒水,领导以既惋惜又珍视的语态介绍着她的情况,老吴只是

100

倾听,点头。趁着沉默的间隙,她说:我回避一下吧。领导说不用不用,就在这里吧。老吴却肃然道:我建议还是回避一下。

你知道吗?进到省城,你是零成本。我连你一口水都没喝,连你一颗糖豆都没吃。只要说起这事,这就是老吴的口头禅。

这都是命。她翻给老吴一个白眼。这么多年,她已经混得像老吴的闺女了。

周五早上刚洗完澡,小余的电话来了。

昨晚搞到半夜,导演还是说我不行。

怎么不行?

说我怎么都不行。他们可矫情了,一会儿叫我戴个黑边眼镜,说这样显得像个知识分子,一会儿又让我穿西服,说这样显得有范儿,我每天都彩排四次,哪一次都能找出毛病。我要疯了。光化妆都化得我透不过气儿!您说,上电视咋这么受罪呀,一点儿都不好玩儿!

她在电话这边默默地笑。上电视,上,这个字突然让她心中一动。上学,上床,上天,上马,上梁,上榜,上节目,上舞台,上北京……上,这个字意味的就是一种主动,一种欲望,一种巴结,一种说不清道不明的劲儿。是不是有很多人喜欢它?那也应该有很多人不喜欢它。反正老吴不喜欢,她也不喜欢。

导演说,他会给他们台里领导反应,可能最后还得您来。

你先扛着，到最后再说。

对了，他们还说最好有吴老师的获奖感言。

你跟吴老师说了没？

说了。吴老师说不写。

刚挂断小余的电话，另一个电话就打了进来，果然是大领导的指示，很决断，很直接：你去！

好。

八点直播，你七点之前得赶到。到时候直接上场！

好。

她口气无比温顺。是的，她知道最后就是这样。但是小余还是有用的，最起码她不用彩排了。

六点五十，她依照导演的短信，来到电视台南门，有两三个挂着工作人员吊牌的人在张望。她一一和他们对眼神，有一个胡子拉碴的小个子男人接住，三言两语确认了身份。

请跟我来。他快步如风。

她紧紧跟上。

就差您了。他说。礼貌地埋怨着。

已经有观众陆陆续续地入场，穿着统一的服装，男男女女，嘻嘻哈哈，都很开心。应该是他们的单位组织来的。这样的节目，会有谁喜欢到现场去看呢？但现场必须得有人，还必须得满满当当。于是部队的战士，纺织厂的女工，学校的学生，这些都是被组团捧场的最佳人选。服装标志鲜明，视觉效果好。平常没机会来电视台开眼，有的是新鲜的热情，也有的是鼓掌的力气。另外，对他们来说，看什么不重要，重要的是大家一起来，这本身就是一种娱乐。

她被带到了演播大厅，导演身上挂得层层叠叠，工作证、对讲机、耳机、手机……满头大汗。看见她，一句闲话没有，便告诉她怎么走位：当老吴的介绍短片播放结束，音乐声起，舞台背景板便会从中间打开，她从里面走出来，走到舞台中央的第一个标志处——地板上贴有一个小小的红十字，站定之后和男主持对谈，对谈完了便退到舞台左侧的第二个小十字标志处等待奖杯。等礼仪小姐把奖杯拿到位，再来到第一个小十字标志处，领取奖杯后把奖杯举起来向全场观众示意，右侧下台，结束。

赶快化妆。导演说。又招呼着男主持：去化妆室跟她对词儿！再确定一下细节！

油头粉面的男主持远远地招了招手，笑眯眯地看着她：老师好！

化妆室一排镜子，镜子映照着桌子上的瓶瓶罐罐，使得本来就凌乱的情形显得更凌乱。她放下东西，在一面镜子前坐下来。

是晚会的妆？

103

对。男主持说。

还需要这么确认一下，可见电视台的生意有多好。十五个频道，八个演播厅，每晚都要录好几档节目，每个节目对妆容的要求都不一样。这些个化妆室里的化妆师，应该像流水线的工人一样吧，给这个化完给那个化……她这边寻思着，化妆师已经开始在她的脸上工作了。

老师，我们的程序是这样的，您从背景板后面走过来的时候，要边走边向观众挥手致意……男主持同时在旁边叨叨。

你知道我是代领奖吧？

知道。

我是假的。

呵呵。

我不挥手，可以吗？

大家都挥。

我肩周炎，挥不好。

化妆师无声地笑了。

那好吧，不挥就不挥。您到舞台中间的第一个小十字时，我会走过来，递给您一个麦克风，我会请您先自我介绍。然后您退到左侧的第二个小十字处，等待着礼仪小姐把奖杯送到第一个小十字处，您再来第一个小十字处领取奖杯，拿到奖杯后要面向观众挥动示意……您挥吗？

不挥。

对了,您自我介绍之后,我会对您进行一个简单的采访,请您谈一下您对吴老师的看法。

怎么谈?

您和吴老师同事多年,应该很了解他的为人。另外也请您谈谈他在学术上的成就,您是业内人士,会谈得很到位⋯⋯

她压抑着自己的鄙视。她知道在常规意义上,这个人说的话都没错,别人听起来都没错。可让她听着就全是错。同事多年就该了解彼此的为人? 多少人同事一辈子、朋友一辈子甚至夫妻一辈子都不了解彼此呢。即使她对老吴很了解,凭什么就该在这个场合去说? 老吴童年的时候喜欢看戏,可是没钱买票,他就站在影剧院门口等着。因为戏演到一半的时候,那个检票的老头儿看不过去,就会开口让他进去。可他自己不开口,就等那老头儿开口。所以他童年看的戏都是半场戏,下半场。老吴下乡当知青时,浑身力气没处用,总觉得自己该干点儿啥,时刻都准备着干啥,可是又不知道该干啥,于是他就自己瞎琢磨着练武功,从两米深的坑里往地面上跳,想让自己身轻如燕。用手砍树,想练成铁砂掌,一年里砍死了五棵树⋯⋯有一年冬天,院里的锅炉总是坏,锅炉工说该换锅炉了,老吴较了真,查出来是锅炉工和行政科长一起捣的鬼,想在新旧锅炉的买卖之间各拿一笔好处。老吴疾言厉色地和他们密谈,他们一起跪在了他面前。旧锅炉至今还用着，那两个人在院里的工作安好如初。这件事情老吴只对她讲过，他们守口如瓶。

学术上的成就就更难说。那些复杂的专业名词她能讲给现场的人听吗？老吴耗尽心血做了一辈子的事就这么轻浮地总结给现场那些人听？就这么总结成一两句带着噱头的话总结给他们听？简单粗暴却还要貌似幽默地总结给他们听？

我不谈这些。她说。

那您……男主持有些不知所措。

她看着他年轻的脸。不该为难他的，他还是个孩子。俊俏的、愚蠢的白痴一样的孩子。

我是代吴老师领奖的，到时候替吴老师发表一下获奖感言就行了。

吴老师写了获奖感言？小鲜肉一脸意外的惊喜。

嗯。

那，领导审过了没有？

审过了。

太好了。这孩子如释重负。

获奖感言她可信手拈来，最多不过五分钟的工夫，不值什么。当然压根儿就不打算给领导审，反正她会说得四平八稳，不会出什么差错。领导之所以要审，说到底还是怕出差错。这么多年来，她早已经知道了领导的审稿标准。有时候冷眼旁观，她觉得自己比领导还领导。

妆化好了。她看着镜子里的自己。漆黑的眼线让细长的眼睛都显得大了。厚厚的遮盖霜让皮肤看不见一点儿雀斑和毛孔,俨然一张假脸。

怎么样?

很奇怪。

生活里看着奇怪,到了台上,灯光一打,就很正常了。

她点点头。化妆师这话,可以听出点儿弦外之音呢。

很好看。化妆师又说。

谢谢。她对化妆师点点头。这个化妆师该有三十出头了吧,身材微胖,素面朝天,神情恬淡,手边放着还没来得及吃的盒饭。她应该当母亲了。在电视台这样的地方做着这样的工作,她每天要化多少张脸? 居然还顾得上对她这张平淡无奇的脸夸一下。哪怕夸得潦草敷衍,也是一种敬业。

回到演播厅,时间是七点四十。还有二十分钟。

她和其他九个人坐在观众席最前排的最右边,有个高高挑挑的女孩子为他们服务。说是服务,其实也没做什么,就是给他们每人递了一瓶水,再就是谁上卫生间她就引导一下。她推测,她的主要任务就是盯着他们,不让他们乱跑。再过一会儿晚会开始,哪一个找不着都是大事故。

那个女孩子的身高应该快一米七了吧,皮肤白皙,姿态妖娆,眉眼长得有点儿像李宇春,是升级版的李宇春。事实上,自从进了电视台的门,她视线所及的漂亮女孩子就如过江之鲫,让她眼花缭乱,仿佛全郑州的美女都集中在了这里。美丽的女人都是相似的,不美的女人各有各的不美。她忍不住要盗版一下老托尔斯泰的这句名言。不过,相形之下,她觉得自己这种蒲柳之姿倒是很有辨识度。嗯,相当不错。

七点四十五分,观众已经坐满了。有一个小平头的男孩子站到了舞台中央。嘈杂喧闹的现场顿时有了短暂的静谧,目光都集中在了他的身上。

各位亲爱的朋友们,欢迎你们来到电视台1500平方米的演播大厅参加今晚的颁奖盛典,我们的节目马上就要开始了。在开始之前,请把您的手机关机或者调成静音……

以她数次来电视台录节目的经验,她知道这是热场的人,又叫暖场。是杂工的一种。暖场,热场,都是因为冷场。这个场,原本很冷是吗?

暖场可真是个话匣子啊,就像推倒了核桃车,咕噜咕噜再也停不下来。一会儿让左边的人鼓掌,一会儿让右边的人鼓掌,一会儿让中间的人鼓掌,一会儿让他们此起彼伏接力着比赛鼓掌……她就那么静静地坐着,一次都没有鼓掌。她旁边的九个人也是。其中一个人前前后后左左右右地忙碌着,主题只有一个:张罗着建了一个微信群。

加到她这里,她拒绝了。

我只是替别人领奖。是假的。她说。

那人诧异地看着她。

没关系的呀。总是个缘分吧。

她听出了些施舍的意思:你这个代替领奖的人,虽然没获奖,但因为代替领奖而能够进到这个高端群里来,这是多好的机会呀,我们不嫌弃你也就罢了,你怎么还不赶紧抓住这个机会呢?

她低头,关掉了手机。

喧哗的掌声停下,暖场者开始炫技,说绕口令:牛郎恋刘娘,刘娘念牛郎,牛郎年年恋刘娘,刘娘年年念牛郎,郎恋娘来娘念郎,念娘恋娘念郎恋郎,念恋娘郎……最后的“娘郎”他说成了“郎郎”,他自己打了自己一个嘴巴子。天上七颗星,地上七块冰,台上七盏灯,树上七只莺,墙上七枚钉。吭唷吭唷拔脱七枚钉。喔嘘喔嘘赶走七只莺。乒乒乓乓踏坏七块冰。一阵风来吹灭七盏灯。一片乌云遮掉七颗星……这次他没说错,手抚着胸口,一块石头落地的样子。

观众们都很好哄,都跟着这个暖场的节奏,鼓掌,大笑,惊叹。每个人都拿着手机拍照。这个其貌不扬的暖场,此刻,在这个舞台的中央,成了核心,成了焦点。他的脸上闪闪发光。

演播厅两侧的墙上各挂着一个电子屏,上面闪烁着红色的时间,八点将至。

突然,左侧门一阵轻微的骚动,领导们来了。

舞台暗下来。暖场退下舞台,站在一个角落里,举起了一个手势。有很多人的目光依然习惯性地追随着他。此刻,看着他的手势,便都鼓起了掌。直到领导在观众席里面的领导席里坐下,掌声停止,开场的音乐声起,舞蹈演员鱼贯而出,摆出了一个造型。

晚会正式开始了。

你在这里干什么?她突然看见了那个化妆师,她搂着一个化妆盒,手里捏着一个粉扑。

给你们补妆啊。你们随时需要补妆的。化妆师说。

那个人,他做的这个工作,叫什么?她指着那个暖场者。

剧务。化妆师说。

第一个领奖者是被搀着出场的。他已经八十多岁了,走路都是颤颤巍巍的,确实需要搀着。

她想起老吴,老吴不过六十出头,还很健朗。可是这个家伙,他就是不肯来。

不过,也对,他要是兴兴头头地来了,他就不是老吴了。

主持人介绍,放获奖者视频,背景板从中间打开,领奖者出现,挥手,走到第一个小十字处,接受短暂的采访……一切都是按程序来的,规正,规矩,纹丝不错,合格至极。

她是第三个。

第二个人上场的时候,她被"李宇春"领到舞台后面候场。一片鲜艳的昏暗里,她走得步步小心。乱盘着的粗线缆,蜷缩在脚下的塑料袋,吃了一半的快餐盒……台阶上贴着的黑黄色的标志纸签都卷起了边儿,毛棱棱的。和这些邋遢样子鲜明对比的,是那些女孩子。她们都是刚刚跳舞的演员,同时兼当礼仪。总该有一二十个吧,这些漂亮女孩坐成一排,都拿着手机,无声地刷着屏。一片漆黑中,人人都拿着手机,照着自己的脸,自己的眼睛。

还有一排男孩子,和女孩子们对坐着。他们不跳舞不搀人不送奖杯,坐在这里干什么呢?

能不能也派个人搀我啊?她问"李宇春"。

"李宇春"笑了:要是有人搀你,大家会笑场的。

她站到电子背景板的后面。背景板发着绚丽的光,她的影子投在上面。她伸伸腰,扭扭胯。不知道为什么,她此刻很想做广播体操。

她对着背景板做起了广播体操。

第一节,伸展运动!

一二三四,五六七八,

二二三四,五六七八,

……

她默默地为自己数着节拍。忽然想,如果此刻背景板打开,赫然呈现出她这么一个正做着广播体操的人,全场观众会有什么反应呢?那些坐在领导席的领导又会是什么反应呢?

有趣。

几个男孩察觉到了异样,都抬头看着她。

然后,他们站了起来。

他们是要阻拦她吗?以为她要疯了吗?

——他们是去推背景板的。原来这背景板不是自动开关,须得被人工推开。就是被这些男孩子们的手,生生推开的。

一定很沉吧。

一个男孩子一边推着,一边转脸看着她,对她扬了扬眉,做了个鬼脸。呵,他知道,他们都知道,她不是疯,只是一个自己逗自己玩的无聊家伙。

他们是对的。她不会疯的,在此刻。且不说疯了会连累老吴,即使和老吴没关系,即使她是来给自己领奖,她也绝不可能在这直播的舞台上如此肆意。她不会让台下的人看到这些。他们不配。

疯狂是一种深切的隐私,观众应该是亲爱的人。

她站在两扇板中间,呈现在众人面前。她看了一眼观众席,心如止水。然后,她低头看着台阶,一阶一阶走下来。她知道,此刻,没有比走得稳当更重要的事。

她不能摔跤。即使她是个代领奖的人。

她走到第一个小十字处,站定之后,开始微笑。标准的程式化微笑。她知道这个微笑一定得如此,一定要很适度。当然,接下来的一切也要很适度,话语适度,动作适度,一切适度。

大家好,我是……很荣幸受到吴老师委托,过来代他领这个奖,并替他发表获奖感言……她专注地念着白纸上的字,三号字,加黑,可以很清楚地远距离浏览,如果贴得离眼睛很近,那画面会很难看的。

掌声。

她微微前倾着身体,做出一个浅浅的鞠躬,走到舞台左侧的第二个小十字处,目视着四个袅袅婷婷的女孩护送着奖杯在第一个小十字处站定,然后,她在主持人的引导下走过去,接过那个东西,面对观众席定格两秒,再次接受掌声。再然后,从右侧下台。

总算结束了。

但还不能走,要等着全部领奖环节结束,和领导合影。

她静静地坐着。突然看到了那个热场者,便起身过去。他正目不转睛地盯着舞台,似乎是感觉到了她的靠近,回头朝她笑了笑。

你是什么学校毕业的？

中国传媒大学。

这工作，你做多少年了？

十五年。

天哪。她没有掩饰自己的吃惊。

这工作，你很喜欢吗？她觉得自己很像一个蹩脚的记者。

喜欢。

不觉得很辛苦吗？

喜欢，就不辛苦。辛苦也情愿。

你，觉得，这工作有意义吗？她觉得自己就是一个蹩脚的记者。

当然有。他看了她一眼，她看到了他眼神里潜藏的困惑和敌意。

这工作，有激情，有乐趣！他突然伸展双臂，冲着空气做了个打开的姿势：多美啊，拥抱青春！

你做的这工作……她犹豫了一下：叫什么？

导演啊。

终于，十个奖都颁完了。大家侧立在舞台左侧，等待最后一个程序：合影。等待的空闲不能浪费，那就做点儿别的事吧。那个张罗微信群的人又开始张罗获奖者们先合影。高素质的他们当然也没忘了招呼她。

来来来！他们一起朝她招手，像招魂一样。

我是假的！她笑嘻嘻地跳到一边。她知道，自己的样子简直就是一个不识好歹的赖皮。

舞台上，那群漂亮姑娘在跳终场舞。呵，全都是训练有素的姿势和表情，期待的，希望的，纯真的，美好的……看着这些汁水饱满的年轻肉体，她涌起一阵莫名的难过。在这流光四溢的舞台上，她们戴着一模一样的头饰，化着一模一样的妆容，穿着一模一样的衣裳，按照一模一样的动作，跳着整齐划一的集体舞。最后，她们还会在他们合影的时候在前排蹲下，用她们秀色可餐的面容为合影提亮一下颜色，拉高一下颜值。

她们很开心吗？

应该很开心的。

有什么可难过的呢？

她的难过对她们无用，且荒唐。

舞蹈完毕，在男女主持轮番慷慨激昂的抒情声中，他们被示意上台。然后领导们也上台，和他们握手。

领导们的手很黏。

大合影结束，领导们被一个个地围起来，再进行小合影。再也没有人盯着她了。她三步两步窜出了大厅，赶在最前面，比那些最性急的观众还要走得急，第一个走出了电视台。

大街上一片安详。出租车嫩绿色的空车灯,看起来真是悦目。

她上了车,给老吴打了个电话。

我刚从电视台出来。

哦。应酬完了?

嗯。

谢谢啦。

你还知道谢?

这个咋会不知道呢?你肯定也烦这个。可是我退了,他们就不敢怎么我了。你还在任上,就讹住你了呗。你替老哥辛苦,老哥我知道的。

她倒是没话了。

回头请你吃饭。

要吃好的,吃贵的!她撒娇。

咱吃好的,吃贵的!老吴温柔地承接着她的撒娇。

互道晚安后,她关掉了手机。

你在电视台上班?司机问。

嗯。她懒得多说。

好单位。

她笑了笑。

一路绿灯,车速很快。转眼她便看到了自己小区门口那家药店的大招牌。

　　能见到很多明星吧？司机仍在打探。

　　我刚刚辞职。她说:请靠边停,我到家了。

黄金时间

一

扑通。这一天,来了吗?听见那一声响,她就有了期待,或者说是预料。她慢慢地走过去,在客用卫生间门口站定,从错开的门缝里看见了他正在艰难蜷曲的腿。她让门缝略微大了一些,便看见了他的全身。他歪歪扭扭地倒在地上,裤子没提,露着硕大的臀,两丘小型的肉山。他两只手都捂着上腹,脸窝在纸篓那里,纸篓以四十五度角倾斜着,很俏皮。一小片微微发青的脸颊进入她的视线,摊在他嘴角的东西泛着白沫,形状不明,鼻尖有大滴的汗正在丰沛冒出。他呻吟着,声音极低。关上了门,这声音几乎就听不到。

这一天,终于来了。她确定了这一点。

她想笑。可这个时候,笑显然是不合适的。但是,为什么不呢?既然没有人可以妨碍她。于是她来到卧室,在梳妆台前面坐下,冲着镜子笑了笑。她看见自己脸部的肌肉动了一下,牙齿也露出了八颗,眼睛里却还是冷冰冰的,没有笑意,像卧着两条死蛇。

这不行。她对自己说。她冲着镜子又笑了笑,眼睛里却还是没有笑意。那就算了吧。她离开了镜子。

卫生间里传来一阵声音,叮叮当当,零零碎碎的,是敲打的动静。他在敲打着什么。什么呢? 似乎是搪瓷物件,地板砖还是马桶壁? 她听着那声音。有一搭没一搭,一搭强一搭弱,力道一点儿也不均匀。他在挣扎,他在挣扎。她当然知道。她又慢慢地走过去,推开卫生间的门。他的一只手还捂在上腹那里,另一只手抓着马桶的外壁,手指还在微微地动着。味道很难闻。她瞥了一眼马桶,有一截晦暗的黄色。这样子真是难堪。幸好他的脸窝在纸篓那里,她用不着去看。

她关上门,走到客厅。这个笨蛋,他不应该动的。他应该一动不动地等人来救他——但是,此时,他这么做似乎也没错。他很清楚她在睡觉,所以才想弄出点儿动静来努力惊醒她。如果他知道她已经醒了且已经来看过他两次,他还会这么动吗? 不过,反正也是要死了,如果动动会让自己痛快点儿,那干吗不动动呢? ……她摇摇头,不再想。那是他的事,用不着她来想。

她打开手机,马上有短信进来:"恰城池之深处,合潜隐之念想。遍访红尘,邂逅此地……"是房地产广告。她忽然意识到了自己的糊涂,迅速关机,关机前看了一眼手机上的时间,六点十六分。两个六。那么，让事情顺利点儿吧。她随后又拔掉电视机旁的固定电话线。虽然可能性很小，但是也要杜绝——不能让任何电话在此刻打进来，绝不能。她不能和任何人在此刻说话，因为她不能让任何人知道她此刻已经醒来。幸好不少熟人都知道她神经衰弱，睡觉前一般都会关手机和拔电话线。

到此为止，事情仿佛是蓄谋已久地浑然天成。这真好。

抢救心肌梗死病患的黄金时间是四分钟，抢救脑出血病患的黄金时间是三小时，她清楚地记得。那就按三小时的最大值算吧。不过，这三小时的黄金，她该怎么花呢？

她站在那里，深深地做了几个腹式呼吸。嗯，可做的事还真是不少。

二

她打开电视，一个电视剧刚刚开始第二集，叫《在一起》，看名字就是家庭情感剧。电视真是一个好东西。她每天回家，第一件事就是打开电视。其实也不一定看，就是换换台，有合适的看两眼，没有合适的就随便哪个台，让它呜哩哇啦地响着。《快乐男生》《奇舞飞扬》《非诚勿扰》《完美告白》，内蒙古台的蒙古语、新疆台的维吾尔语、延边台的朝鲜语、西藏台的藏语……有声儿，这最重要。只要有声儿就好。好在不用怎么搜罗，光一个央视就有那么多频道:体育、少儿、纪录、科教、空中课堂、环球购物、中国教育 1、中国教育 2。还有那么多外语频道:英语、法语、俄语、阿拉伯语、西班牙语。她寻常看的是音乐频道,15,"我像只鱼儿在你的荷塘……"是凤凰传奇,玲花的嗓子真利落。也没少看慢慢悠悠、磨磨唧唧的戏曲频道,11,"我一无有亲啊,二还无有故,无亲无故,孤苦伶仃,哪里奔投……"是豫剧版的《白蛇传》。还是看 12 的"社会与法"吧,正播着扣人心弦的"女监档案"。一个乡村女人,生了两个孩子,和老公的感情本来就不好,做了结扎手术后更是经常被老公打骂。"你不能生了,倒贴钱都没人要你。"她急了,偷了人,为了证明自己不用倒贴钱也有人要。老公发现了,说要杀了她,她又慌又怕,就先把老公杀了,用一包老鼠药。这愚蠢的女人。

他在卫生间的地上,而自己在客厅里看电视。她想。她的眼睛盯着屏幕,没错,自己是在看电视。为什么这么喜欢看电视呢? 这个问题她早前就想过,想了很久才总结了三条:一、它能给她提供各种花里胡哨的信息。这些信息都没什么用,可总归是个热闹。她冷清的心里,需要这些外在的热闹,不然从里到外的冷,会把她冻死的。二、可以自由选择。选择权让她愉悦。这世界上很多事情她无法选择——工作、薪水、结婚、离婚……但这遥控器却可以让她充分选择。虽然她只能看一个台,但她可以选择好多个,而且可以随时调换。这虚拟的权力和微小的自由,真好。三、可以让大脑停滞。那么多的面容,那么多的栏目,那么多的故事,那么多的噱头,能让她的脑子变得满满当当,让她什么都不用想。与其说这对大脑是一种占用,不如说其实是一种清洗。电视看饱之后,她常常可以睡个很好的觉。

嗯,电视这么好,那就好好看吧。她换到频道15,此时此刻,还是听歌更合适。汪峰正在声嘶力竭:"请把我埋在,在这春天里……"好吧,把你埋在这春天里。她看看自己的手。不用动手,她也能把他杀了。这一天,她已经等了那么久。

三

事情常常没有什么明确的开头。如果一定得有个开头的话,她想了又想,想了又想,也许,那个开头,就是40岁的那个下午。

那个下午,吃过午饭后,他就坐在沙发上看电视,她说:"上床睡吧。"他说:"不困。"她看着他。他一会儿就会困,就会点着他沉重的头颅,然后打起响亮的呼噜,和电视的噪音凑成一曲拙劣的交响乐。虽然毫无效果,可她已经劝告了无数次。那么多次了,也不多这一次。于是她说:"你一会儿就困了。还是上床睡吧。"他拉下脸,皱着眉道:"别管我。"她刚刚收拾完餐桌,手里拿着一块抹布,看了看盘子里油腻腻的鸡骨头,又看了看他。

客厅离餐厅不过几米远,她忽然觉得有万里之遥。他坐在那里,像是坐在大洋的另一端,他们之间,是无垠的海面。隔着这海面,她觉出了自己的荒唐。是啊,管他做什么呢? 他是他,她是她。他永远是他,她永远是她。她真的没有必要管他,尤其是他还不让她管。

静了片刻,她说:"好,从今之后我不再管你了。"他没说话,一心一意地看着电视,显然是没听见她说什么,或者是听见了也不以为意。是啊,在他的逻辑里,他是会不以为意。她还能把他怎么样呢? 他肯定是这么想的。她收拾完了餐桌和厨房,他已经在沙发上睡着了。

她走到客厅,看着他。他的头靠在沙发背上,打着呼噜,嘴角流着涎水,一副痴傻的样子。阳光洒在滴水观音的绿色叶片上,柔和宁静。这么多年来,这样的场景她已经看了无数次。一向如此,只要吃完饭,只要有时间,无论是早上、中午还是晚上,他就一定会坐在沙发上,屁股纹丝不动地看着电视,很快睡着。遥控器不知道被摔坏了多少。她要是不叫他,他就会一直在沙发上睡,似乎沙发比什么都亲。她再怎么劝也是白搭。"你不知道这么睡有多舒服。各人有各人的喜好,你应该尊重我的喜好。"他振振有词。

一瞬间,她下了决心:尊重他的喜好,从今天开始。何况他的话听起来也有理。难道他不能有睡沙发的喜好吗? 难道这喜好就不该被尊重吗？他没错。那么，是谁错了呢？她想。突然，她对自己的日子充满了鄙视和厌倦。这么多年来，自己过的是什么日子？买菜做饭，洗洗涮涮，走亲访友，上班下班……他慢慢地升迁着，她也慢慢地升迁着，都在单位熬成了有些面子却没有里子的中层。现在，儿子都已经读了重点中学的高中，成绩很不错。他不打她，不骂她，偶尔还夸一下她做的菜，甚至会陪她逛逛街……嗯，真是一个完美的三口之家。按很多人的说法，她和他算是所谓的伉俪情深，不但已经青春相伴，还大有指望白头到老。

可是，这一刻，突然间，她受不了了。自己过的这算是什么呢？他从没有给她买过花，从没有和她旅游过，从不记得她的生日，也不关注她的例假——偶尔关注也是因为他想过夫妻生活的时候，听到她说来了例假就会很不屑地嘲笑："又来了！整天来！"他也从没有像电视剧里那样，从后面亲昵地抱过她，倒是有一次他不知道是被什么触动了兴头要从后面和她做一次，匆匆结束后对她说："你怎么没洗干净？有味儿。"她含着屈辱和愤怒沉默。她从没有告诉过他，他从来都没干净过，她给他洗内裤的时候第一遍都要屏住呼吸，打完肥皂才敢松一口气。他也从没有好好地真正地亲过她，新婚的时候他亲过她的嘴唇和乳房，没几天就跳过了这个程序，直奔主题。每次看到电视剧里那些男女耳鬓厮磨地纠缠在一起亲耳朵，亲脖子，亲锁骨，甚至从他们暧昧的台词里听出他们还会亲对方那些最不能见人的部位，她都觉得浑身难受。他们是在演戏吗？她觉得他们的戏演得真可笑。可是他们真的只是在演戏吗？她愿意相信这些戏从电视剧里走出来的时候也是真的，这又让她艳羡。

可她不能对他说，所有这些，都不能说。花，旅游，从后面抱，那么亲她……哪一样说出来，都会让他怒眼圆睁，惊天动地。他会说她不知足，不安分，有根浪筋——没错，她是有根浪筋。他没有。他把工资卡交给她，把单位发的所有福利都拿回家来，去儿子学校请老师们吃饭，打出租车会多要几张发票报销……他是个最俗常的、最标准的过日子的人，这么多年，以婚姻为壳，她就和他待在这种日子里。她的浪筋如果被知道，那就是一个字：贱。

22 岁那年她嫁给他，现在她已 40 岁。那个下午，隔着客厅到餐厅的那片海，她回忆着和他的过往，确凿无疑地认定：他和她从来都不是一路人。不是一路人却在一起过了十八年，这已经足够漫长，漫长到了应该悬崖勒马、立地成佛的地步。于是她没有把他从沙发上叫起来。那天，她自己一个人在卧室午睡，睡得很好。

自那以后，凡是看见他在沙发上睡，她都没有再叫过。有好多个晚上，他都在沙发上睡了一整夜，早上起来嚷嚷脖子疼，她不搭腔，他也就讪讪的了，但也只是讪讪而已。过几天，脖子好

125

了，他依然常常在沙发上睡。客厅那里几乎成了他的天下，烟缸、袜子、茶杯，她不收拾，这些东西就在那里扔着。每逢周五，她会收拾一下。那一天，读寄宿高中的儿子会回来过周末。

那年冬天，元旦之前，她简单做了一些准备之后，跟他提出过一次离婚。所谓的准备也只不过是转移了一些存款，如果他万一爽快答应，她懒得和他争房子什么的，她只需要留些钱租个房子，过自己的日子。她预料他不会答应，果然。"为什么？"他问。"就是不想过了。"她说。他坚决地拒绝了："你是更年期，我不跟你计较。要么就是神经病，那更没办法跟你计较……平日看着你还挺正常的，你就是更年期。"他判定。不久，她又试探着跟儿子提了提："我想离婚。"儿子看了她一眼："那你就离呗。"她笑："你同意？"儿子低头去看书："你要离我拦不住，要我同意，那也不可能。"

她没有再跟任何人说过这事。是啊，他们的日子一直过得平平静静，安安稳稳，完全可以实现那首歌儿唱的"我能想到最浪漫的事，就是和你一起慢慢变老"，可她居然不想要这份浪漫，如果不是神经病或者更年期，还能怎么解释呢？

还好不用向任何人解释。不解释的前提就是不再提离婚。毕竟已经40岁了，她已知道，不是任何人都有资格任性，正如不是任何人都有资格离婚——别说离不成，即使离得成，她以后的日子就好过了吗？很快，她好像忘了这档子事，继续过着日子。日子貌似相同,只有她知道其中的差异:她在心里同他离了婚。

四

从那个下午开始,家里的气象就日渐没落下去。聚沙成塔,集腋成裘,都是不容易的事。不过塔还原成沙,裘还原成腋,还真是挺容易。下坡路总是好走的。她有些惊诧地发现:自己是这个家的核心,她不经营,不维持,这个家从里到外的精气神儿也就只能没落下去。她说神经衰弱,受不了他的呼噜,两人便分了房。幸好是三个卧室,分房分得也利落。她住到了儿子的房间,腾出了一格衣柜,把必需的衣服都挂了进去,此后连换衣服都不再让他看见。他们自然就几乎不再过夫妻生活——夫妻生活,真是个有意思的词儿啊。他们床上的那点儿事还真的只能用这个词来形容,也只有在那几分钟十几分钟的时候,作为夫妻他们才有点儿"生"的样子。可是从那以后,连这点儿"生"都慢慢地死了。夫妻"生"活路过他们的身上,一步一步地变成了夫妻"死"活。

起初他不甘心,强迫了她几次,看她如僵尸一般,也只好放弃。有一次,他说:"你去医院看看到底是不是更年期。更年期就是会冷淡。"她沉默。他说:"去看看,让医生开个方子调理调

127

理。"她说："不想去。"他冷笑了一声，没再说话。

这世上的女人多着呢，他可以去外面找女人。和他分房之后，她就想到了这个。那就去吧。他找女人，他花钱，他得性病，都跟她没关系。他这个人，整个儿都和她没关系。后来，她索性连饭也不做了，反正他在家里也只是偶尔吃个晚饭。她早餐喝牛奶吃面包，中午在单位吃工作餐，晚上就喝碗粥再吃个水果，他要是吃，就再炒个青菜。他表示过不满，她不理会，他也就罢了。后来他干脆连这偶尔的晚饭也知趣地省略了，这更遂了她的意。

家里正儿八经开火的时候，就是周末，儿子回来。那两天，她睡书房。

家里就这么凉了。冬天凉，夏天也凉。一年四季都凉。夏天，再闷热的天，回到家里，她都会刷地冷下来。吃过晚饭，在外面散过步回到家，只要看到他在沙发上坐着，她就会以最快的速度冲过澡，回到儿子的房间，反锁上门，把衣服脱得干干净净，睡觉。有一天，他过来，直接推门，推不开，只好敲，带着怒气喊："反锁着门干啥呢？"她把衣服穿好，打开门，说："睡觉。"他说："那还用反锁着门？"她说："不想让别人进来。"他问："我是别人？"她说："你是别人。"他诧异地，却又无可奈何地看着她，她关上门。

那之后很久，他们连话都没有说过。可他始终不提离婚。

她长得不错,工作也不错,比他还小六岁,离婚对他是太丢人的事,因此他根本不会提,她明白。她要想离婚成功,除非打官司,可是那太麻烦了,所以还是算了吧。何况又没有什么男人让她生发出打官司的动力。从 40 岁那年她开始上心留意:41 岁,42 岁,43 岁,44 岁,45 岁,46 岁,47 岁,48 岁,49 岁,一直到现在,50 岁,这些年,她都没有碰到过。——想起这个,她更觉得他的可憎。如果当初他同意离婚,如果她早早就一个人了,那恐怕会不一样吧? 当然,很可能她也找不到什么合适的人再结婚,这年头,找那么一个人太难了,她一个离婚的女人,能碰到什么男人呢? 老一点儿的,嫩一点儿的,俗一点儿的,雅一点儿的,英俊一点儿的,丑陋一点儿的……只要是只想上床不想结婚的,就无非是采野花的人,偷野食的人,那她就是野花,就是野食。这把年纪了,再去当野花野食?

可是,她一个人,这情形终归还是比两个人捆绑在一起要好一些吧? 一个人,一个离了婚的女人,总是意味着一种新的可能性,哪怕是虚无缥缈的可能性……可她一直没有这种可能性,连这种可怜巴巴的可能性,她都没有。是他让她丧失了这种可能性,还是她自己放弃了这种可能性?

五

"在一起,我们在一起……"片尾曲响起,一集电视剧四十五分钟。还有两个多小时。她忽然想起,自己应该好好地洗一个澡。是的,好好地洗一个澡。他这一下,无论是什么结果,她都得拿出几天时间支应,肯定没有工夫好好洗澡了。——不管是脑出血还是心肌梗死或是二者兼有,总之他的情况看起来已经足够严重,即使没死,他也算是丢了大半条命。作为准遗孀,她得打起十二分精神天天跑医院,在床头伺候他的吃喝拉撒,去街头雇合适的护工,去接不断线的关切电话,在世俗常理中忙得没有时间去洗澡。要是他死成了呢? 那她就是铁板钉钉的可怜遗孀。他的那些亲戚,他的那些兄弟姐妹,一定会纷纷从乡下和这个城市的各个角落闻讯而至,哭天抢地地帮忙办后事,原本沉睡着的血脉纽带因为他的死开始活泼舞蹈。他是静止的主角,她就是活着的主角。所有的人都会冲着她来,都会围着她转,问候她,关怀她,同情她,她得顶着汗臭和头屑迎来送往,在泛滥的安慰中奉献哭泣,肯定也不能再去洗什么澡。"都这个时候了,还去洗澡? 这个女人,到底有没有心肝?"这样的声音怎么会没有呢?

所以,她要好好地洗个澡,先。她脱掉衣服,走进主卧卫生间。自从分房住以后,她已经很久没有在这个卫生间洗过澡了。

这个卫生间一直是他在用。她跟他提过一次，让他只用这个卫生间，客用卫生间给她专用，可他却不听，两个卫生间总是随便用。她知道他是故意的，故意硌硬她，让她不痛快。她不再提，每次他用过客用卫生间，她都会好好地把里面的卫浴清理一遍。

果然脏。马桶壁和洗面池里都是浅浅的污垢。她用小刷子蘸着肥皂，仔仔细细地擦拭干净后才站到了花洒下，开始淋浴。可是她的毛巾都在客用卫生间里，不能再去拿。那就这么着吧，用手，自己洗自己的身体。

她把水温调低，先洗头发。她的头发很短，超短。过了40岁，她就把一头长发剪成了短发，还越剪越短。短让她觉得舒服。洗头发的时候，一点儿洗发水都能搓起满头的泡沫。洗完后一会儿就干。用速干毛巾稍微擦一下，二十分钟内准会干透。这么短的头发，她常常都觉得自己有些不像女人。头发洗好，她把水温略略调高，用手揉搓起自己的乳房。自从和他不再有夫妻生活之后，她就常常这样揉搓起自己的乳房。据说乳房需要这样的按摩，不然容易得乳腺癌。她可不想碰上这个。左乳头有些痒，她小心地用手指抠捏着，看着它很快耸立起来，似乎是在等待着什么。她微笑起来。很多个夜晚，她梦见有男人在亲吻它。她稍微下了些力，让它微微地疼痛起来。

她关掉花洒，取下淋浴头，冲洗下身，忽然想起新婚时他和她开的玩笑。她绵绵地抒着情，说："我的下半生就交给你了。"

他慢慢地重复:"下半身? 下半身? 那上半身呢?"她打他,他把她压到身下:"记着,你的下半身可是交给我了呀。"她微笑。那时候的他,还是很懂幽默的。或者说,还是很舍得用幽默来对待她的。可是,不知不觉地,这幽默就没有了。或者说,对她没有了。偶尔,她听他接打别人的电话,他还是会开玩笑的。似乎只是在家里,他变得越来越无趣。她开玩笑,他也懒得接。渐渐地,她也懒得再开玩笑。"家里是最放松的地方,想怎样就怎样。"他说。这话当然不通。想无趣就无趣吗? 有趣就是一种社交礼仪,无趣就是给家里人看的吗? 或者说,家庭生活就该配无趣吗? 她不能明白。她想有趣。可她的想和他的想怎么能合到一起? 于是她把这个闷在了心里。连幽默都得去争取的时候,实际上也没有什么争取的价值了。她想。

她深深地低下头,嗅着自己的身体。这沾着水汽的身体,有着沐浴液的清香。虽然很注意保持,可是她的腰身已经开始发胖,像吸够了水的馒头,虚涨着,一层层的肉在腰线上柔和地垂成模糊的边际。这没有人爱的身体,连她自己也不想爱了。她知道自己在嗅什么——真怕嗅到那股酸气啊。那种发酵似的、淡淡的酸气。她在同龄的女人身上闻到过,这顿时让她惊心起来。要是自己身上也有,这真是恐惧的事。不是怕老,只是不该这么老。老也该是体面的事,从容的事,雅洁的事,美丽的事,而不是这种带着酸气的事。还好,她一直没有闻到。她微微地放了心，又笑起自己来。已经 50 岁的女人了，还这么文艺，这么幼稚，这么矫情，真是的。可是，她就要这么文艺，这么幼稚，这么矫情。谁能把她怎么样？

从卫生间出来，她看了一眼电视。又是一个四十五分钟。

再做点儿什么呢？

六

她穿上浴袍，来到阳台上。厚厚的遮光窗帘还严丝合缝地拉着，她拨开一点缝儿，炫目的阳光像刀子一样锋利地扎进来，她闭上眼睛，眼皮子里升腾起五颜六色的光晕，来回游荡，变幻无穷，梦一样。她慢慢地睁开眼睛，眼前的景物一点点清晰起来。她喜欢窗户干净，每次钟点工过来，她让她做的一项重要工作就是擦窗户，所以家里的窗户都像是没有装玻璃一样。对面楼体上的瓷砖似乎触手可及，她伸出手，虚虚地摸了一把。

这是他们在这个城市住的第三套房子。第一套房子八十平方米，两房一厅一卫，他母亲单位的老房子。刚结婚的时候，老房子也有一种新鲜的喜悦。他们在那老房子里生了儿子，一直住到儿子小学毕业。然后他单位分房子，刮刮新的新房子，一百二十平方米，三房一厅一卫。他们欢天喜地地搬了过去，他们一间，儿子一间，还有一间书房。那时候，他们对这房子满意极了，还抨击那些两卫的房子，说纯粹是浪费。"三口人，还两个卫生间，一个卫生间怎么就上不过来？"他说，她忙不迭地赞同。但是……她很快就觉得还是两个卫生间好，如果可以的话，甚至可以三个。每人一个。

这套房子是商品房，一百五十平方米，高档楼盘，几乎用尽了他们的积蓄。其实是给儿子准备的。当时他们已经预备着，如果儿子将来在国内成家，就给儿子做婚房。可是儿子很快就到了加拿大，他们就搬了过来，把另两套房子出租了出去。搬的时候她还心存奢望：新房子，新气息，他们的日子或许会比以往有些改观吧？可是，没有。她在书房铺上地毯，点香，做瑜伽，他在客厅里看着电视打着盹，低着他那沉重的脑袋。她去超市采购回来，往冰箱里乒乒乓乓地放着东西，他在客厅里看着电视打着盹，低着他那沉重的脑袋。她跟着单位集体旅游，坐着深夜的火车回到这座城市，满面尘灰地打开家门，他还是在客厅里看着电视打着盹，低着他那沉重的脑袋。

呵，这到底是一个怎样的男人呢？在外面顺从，回家里霸道，典型的窝里横。在烈日下看到交警执勤，刚刚还感叹："做个交警真辛苦。"可当过斑马线时闯红灯被交警拦下教训，他转脸便大骂交警就是活土匪。碰到应酬的场面，别人对他讲几句赞美的客气话，他便飘飘然得厉害，回家对她复述了一遍又一遍，真心觉得那人是有识之士。谁讲他一句难听话，他会刻骨铭心地记着,随时念叨,并时刻留意着那人的消息,准备伺机反扑一把。常常谆谆叮嘱要她孝敬公婆,自己到父母那里连菜都不会给他母亲择一棵。不会修电灯和水龙头,且也毫不掩饰地蔑视这种小小的技艺。对那些去郊外扎帐篷露宿的人嗤之以鼻,说起看星星看月亮更是笑掉了大牙。对待自己的身体,他则是又在意又懒惰,又自负又胆小。说明天就健身,明天总在后天之后。说起死总是很潇洒,一有感冒发烧却一定会去医院打吊针。去年退二线以后,更是风声鹤唳,草木皆兵,可又绝不去锻炼,也不错过任何饭局,每次看到好吃的荤腥都忍不住,一定会吃得打着饱嗝才会满足。于是脸越来越肥,腰越来越粗,人似乎也越来越矮,却不能听人说肥说矮,只爱听雄壮和魁梧。早几年就有了高血压且三脂都高,却从不肯好好吃药,时时表示自己康健无恙。去年体检的时候医生说怀疑他脑血管动脉硬化得厉害,毛细血管痉挛性收缩和脆性也堪忧,甚至冠状动脉都很有可能存在不稳定粥样斑块,建议他做个详细检查,他执意不肯,回家气势汹汹地对她吼:"怀疑? 怀疑个屁! 无非是想黑我的钱! 让那些机器扫一遍又一遍,好好的人都得病了。我好得很,离死还远着呢。我的身体我知道!"

　　她不说话,只是听着。她早已经习惯这样:听着,只是听着。如果说话,她只是在心里说,比如这句:你以为你知道,其实你不知道。你不知道的岂止是自己的身体? 你什么都不知道。

不过真的，他人不坏，说到底，只是平庸，全面的平庸。可是，还不如坏呢，坏还代表着某方面酣畅淋漓的极致和纯粹，能让她觉得痛快。而他，只是让她闷，让她窒息。

天色越来越白，越来越亮，天空开始透出些微微的蓝意。她深吸了一口气。真是一个好天气。

七

还有一个小时，似乎适合睡一觉。她走到儿子的房间，在床上躺下。隔壁就是客用卫生间，敲打声没有了。这一片安静，正适合睡觉。

可是她睡不着。他就在隔壁。她想。他就在隔壁的地板上躺着。他醒着？还是昏迷着？或者是已经死了？她不知道。她知道的只是，现在还是黄金时间。她必须把这黄金时间给一寸寸地花掉，花掉，彻彻底底地花掉。

他要死了吗？

儿子的床是硬床垫。儿子喜欢硬床垫，她也喜欢。大卧室的床是软床垫，每次睡，她都睡得很累。后来开始睡儿子的硬床垫后，每次醒来，她都会觉得浑身通泰。她真喜欢睡儿子的房间。这大男孩的房间，连灰尘都是那么茂盛可喜。她常打开儿子的衣柜看看他的衣服，觉得每个衣襟儿里都有一股子蓬勃的朝气。这才是生命呢，生机勃勃的命……儿子也是他的儿子，可她更觉得儿子是她的。就精神的基因来说，她觉得儿子就是她的。——当时儿子说要留在加拿大，他居然想装病让儿子回来，然后把儿子焊在身边。"能出国镀镀金就行了。咱就这一个儿子，他跑那么远，见都见不着，有什么用？"他说。"你养儿子是来用的？那你不如养猪呢。每年养一头，每头都能杀了吃肉。"她说。为了儿子的事，他们差点儿动手，他抡起手头的保温杯想要砸过去，抡了两下，到底没出手。可他眼睛里的恨意她历历在目。他不是心疼她，只是怕把她砸伤了还得去医院花钱，被邻居碰到了也丢人。可她知道他已经砸了，在心里砸的。她的心上已经被砸出了一块淤血。好在淤血已经不少了，多这一块也没什么。每当看着心上的淤血她就想：会有一天的。会有的。

现在，他就躺在隔壁。她和他，隔着一堵墙。墙壁的此面，涂着厚厚的立邦漆。墙壁的彼面，贴着闪亮的瓷砖。

他要死了吗？

也许，他早就该死了。他活得这么没有质量，活在这世界上就是浪费资源。可是他就是不死，也没人来杀他。她也不能。她很方便杀他，可是她不能。她不能为了杀他，把自己再搭进去。为了他这种人，不值。最好的方式就是他自己去杀自己，她只能期望他自己去杀自己。好在他的全面平庸除了让他苟活之外，在某种时刻居然也算得上是一种自杀的利器：三高，不吃药，不运动,无节制地腹型肥胖,好吃好喝好烟酒……她常在网上查脑出血和心肌梗死的这些资料,每对症一样就知道他在自杀,一直。他还好强——前几天居然跟着她进了儿子的卧室,说要过夫妻生活。"其实我也没这念想了,不过医生说偶尔过一次对身体好,对男的好,对女的也好。"他说。她沉默。把医生的话搬出来,还说对她也好,不过是因为他自己想做又不想承认,这就是他的方式。她很快脱掉衣服,想着早做早了,反正他也用不了多少时间。可他没做成。他不服气,隔一会儿就试一试,到底没做成。最后下床离开,他说:"年纪不饶人啊,这个年纪的男人都不中用了。"她看着他的背影无声地冷笑。自己不行了就要拉一大帮人殉葬,你以为你是谁啊,能代表所有同龄人?她又看着自己裸着的身体,忽然想,一定也是她的问题,她让男人不行。她这个刀枪不入的样子,有几个男人见了能行呢?

她再也不可能重新开始了,即使他死去。他从根子里败坏了她对男人的胃口。她松了口气,心里既笃定又踏实,同时也恍然大悟:他是早已经死了,在她心里。而她虽然还没有像他那样死透,其实已经离死不远。他在自杀的时候,也在一点一点地杀她。这让她更可以没有愧疚之心,真好。

他要死了吗?以后,他再也不会来她这里自讨没趣,她也再用不着对他怀揣恶毒。他和她到了这个地步,尽管没有坐看云起时,好歹也算是行至水尽处。

他要死了吗？也许，他真到了死的时候。最近两天连着两个晚上都有人请他吃饭，吃的都是川菜，今天早上，他一定是便秘重犯。

八

还有一点儿时间呢。她拿起床头柜上的杂志。《读者》《哲思》《格言》，都是这些讲道理的杂志，各种各样的道理。道理总是有道理的，可是在很多时候，道理是死的，是僵尸，是全须全尾就是不会呼吸的木乃伊。她翻起一本，找到一页，读了起来："那只蜜蜂在窗棂上飞舞了许久，它似乎是来寻觅什么的。窗棂上没有花蜜，它是来寻觅什么的呢……"她扔下，再翻一本，迎头碰上的题目就是《婚姻物语》。她又扔下。什么狗屁物语，她用脚指头想也能想出这书里都在物语些什么，无非是彼此忠诚，感恩之心，距离产生美，给对方合适的空间……可是，还是看看吧，反正也没有什么更好做的事。她把书打开，这篇写的是爱情，啧啧，瞧瞧这句："爱情，就是天上的一朵云……"她笑起来。爱情，是一朵云吗？或许吧。她第一次坐飞机的时候才知道：在云下看云，在云上看云，云都是那么柔和，那么白嫩，那么真实，有着不可思议的神性的美，可是当飞机飞进云里的时候，云就不见了。云成了一团一团的雾气，缥缈的，灰色的，雾气。

139

分房之后,他找过别的女人,不止一次。她知道。45岁那年,她去省城进修,半年时间。她每月回家一次,是为了见儿子,也是为了拿几件衣服换穿。难得这样成年之后还有单身进修的机会,脸庞都已经开始皱巴的男人女人都格外注意捯饬,尽量让衣服显得光鲜。她也不例外。例外总是很难的,她习惯了不例外。况且还有男人半真半假地和她调情,说喜欢她。第二个月回来,她在他床上发现了几根红色的头发。白色的床单,想不发现都难。她回想了一遍,他们的亲戚朋友里,没有女人染这样的头发。她拿起那几根头发迎着阳光看了看,发根儿的地方是白的。这个女人已经不年轻了,起码三四十岁是有的。或者跟他的年纪一样,他那时已经51岁了。她把那几根头发扔回床上,心如止水。无论他婚外嫖还是婚外恋,或者是和年轻时的某个女人旧情复燃,她都不会生气。她甚至欣慰:他还有这兴致和女人做这件事,或者说还有女人愿意和他做这件事,这真的挺好。哪怕那女人是为了钱——像他这样的男人,也舍不得掏多少钱。当然,如果不是为了钱,那更好,那简直都能够使她对他刮目相看了。

　　第四个月回去的时候,她又在床上看到了几根金黄色的头发,也是染的。那几根头发长长的,还打着微微的卷儿,显出几分妖媚的波浪。她终于确定,他就是找女人。她似乎嗅到了那女人身上放荡的味道,想到那些情色的词句:前门迎新,后门送旧;一双玉腕千人枕,半点朱唇万客尝。那些女人,那些睡过无数男人也被无数男人睡过的女人,他对着那些女人,恐怕要比对着她这张冷脸舒服无数倍吧……

那次,她回到省城之后不久,就和一个男人上了一次床。她没那么喜欢他,也没那么讨厌他。和他上床很大的动因是好奇,想看看他在床上是什么样。结果很不怎么样。那个男人很慌张——他比她大两岁,已经是47岁的老男人了。真可怜。她也可怜。她只是觉得他们都真可怜。

和那男人就那么一次。他又找过她几次,她都温和地拒绝了。说来了例假,说身体不舒服,说没时间,反正就是胡扯。她有的是时间,就是不给他时间。那一次对她来说就够了。和他单独在一起时,她很坚决地和他保持着距离。但当着同学们,他们很正常。他们混在同学中一起去K歌的时候,会四目相视地唱很多对唱的情歌。在餐厅里碰到,她会指着清炒芹菜苗对他说:"吃这个,这个粗纤维,降血压。"

那是她五年前的事。五年前,她就已经活得那么透彻那么硬冷,或者说,那么无趣。和他一起熬了这么多年,把她的黄金时间几乎都熬干了,他终于成功地把她也熬成了一个无趣的人——当然也可能她原本就不怎么有趣。在这彼此的无趣中,他们眼看着彼此一点点变老。他们不使拳脚地对彼此施虐,也让彼此受虐,没有丝毫快感,不,不能说没有丝毫快感,在儿子如常的笑容里,也会有一点儿快感。可那是什么狗屁快感啊,简直可以忽略不计。尤其是在此刻,她要不计。

——不,其实他没有那么成功。她忽然想。她笑了起来,还笑出了声。咯咯咯的笑声把自己都惊了一跳。不过,这真是很值得笑,不是吗?他早该躺在医院里的,可他现在还躺在卫生间,很可能再过几个小时就会躺进太平间。一个无趣的人怎么能做出如此有趣的事呢?

嗯,自己居然还如此有趣,这真是可喜可贺。以后若是没有了他,在纯属于她的有限的黄金时间里,她确信自己会更有趣。

九

电视屏幕左下角的时针欢快地跳跃着,一下,一下。还有十二分钟。她慢慢地走向客用卫生间,推开门。他还躺在那里。当然,他也只能躺在那里,像一条壮硕的大虫,或者像一个肥胖的巨婴。他的手指已经不动了,全身都一动不动。纸篓已经完全倒地,他的头还埋在纸篓里。这样子真是难堪啊。

她跨过他的身体,走到他的脑袋旁边,慢慢地把纸篓抽了出来,然后蹲下身,看着他。他睁着眼睛。他居然还睁着眼睛。她看着他的眼睛。他看着她,她也看着他。他的眼睛里似乎什么都没有,又似乎什么都有。她知道自己的眼睛里也是这样。两个人就这么默默地看着，看着。突然，他的眼睛亮了一下，很快又暗了下去。再亮一下，再暗下去。终于，他沉沉地、很累似的闭上了眼睛，再也没有睁开。

　　她站起身，走出去，在客厅里又静静地站了好一会儿，才拿起了手机，轻轻地摸到了开关键。

煮饺子千万不能破

一

九点钟，已经不能再吃晚饭了。可是看见那家饺子店的时候，她还是走了进去。小区东门这边她很少逛，要不是昨天同事送她的时候路过这里，她还不知道这里有一家饺子店呢。

饺子店的名字有些怪，就叫"饺子店"，除此之外什么定语都没有，连个最庸常的"美味""九里香"什么的都没有。乍一看很朴素很老实，简直是朴素老实到了极点，再往深里一琢磨，这朴素其实很自满很骄傲，简直也是自满骄傲到了极点。

她走进店里。店面不大，也就是二十平方米的样子，摆着几副木质桌椅，都是最一般的长方形四人台。小店深处是凉菜柜，柜后面的墙上嵌着一道门和一个长方形的出餐口。整个小店就这么多东西——哦，左右墙上都贴着偌大的菜单，全都是饺子的种类，一瞬间她就看花了眼，真多呀。不过饺子店的菜单她一向都喜欢看，虽然吃不了几样，但看看也能让她心满意足。猪肉大葱、猪肉韭菜、猪肉酸菜、猪肉茴香、猪肉扁豆、猪肉西葫芦、猪肉茄子、猪肉青椒、猪肉黄瓜、猪肉蕨菜……猪肉真是无所不配啊。仿佛只要是菜，就可配上猪肉做成馅。羊肉和牛肉因为个性的关系，不如猪肉配得那么多，却也别有意趣。她曾做过羊肉尖椒馅和牛肉芹菜馅，都十分可口。素馅一般以鸡蛋为主，和猪肉一样，它也有着百搭众菜的胸怀。偶有不以鸡蛋为主的，也很令她喜欢，如豆皮韭菜、黄豆芽粉条，还有素三鲜——只要有虾仁或者虾皮，任几样素菜都可以凑成这么个素三鲜。走南闯北这么多年，她还见识过胎盘馅、奶酪馅、大蒜馅、西红柿馅、土豆馅、山楂馅、苹果馅、白糖馅、红糖馅、泡菜馅……对了，还有头发丝馅、指甲屑馅、钢丝球馅……

"选好了没有？吃啥呢？"凉菜台后面的老头儿问。他头发花白，戴着一副眼镜。

"再看看。"

"都好吃。"

她笑。这口气，还真是的。

"快打烊了吧?"

"只要有客，就不打烊。"老头儿说，"生意做的就是客，客来了打啥烊呢。"

话到这个份儿上，她知道这饺子是非吃不可了。

"一份荠菜猪肉。"其实一份饺子半斤，三十个。她吃不了，可是要半份呢，又有些说不出口。唉，管他呢，大不了打个包呗。

"好嘞。"老头儿接住她的声音，朝着出餐口喊了一声。里面有人应着，送出一碗热气腾腾的东西。老头儿给她端了过来，是饺子汤。

"原汤化原食。"

"原食还没来呢。"她笑。

"不懂了吧？光知道原汤化原食，没听过原汤垫原食吧？先垫一下，吃完了再用汤化一下，胃就更得劲。"

饺子汤是微微的淡白色，还隐隐带着点儿鲜黄，却又不浑浊，反而非常悦目。她呷了一口，就知道了这汤的地道：清爽却不单薄，应该是经常换的，绝不是一锅煮到底的那种，面味儿的尾部还缠绕着一丝丝醇正的甜味儿。"头锅饺子二锅面"，这头锅的好处，绝不单单是说这饺子，也还说着这饺子汤。

就着这汤，一句两句的，两个人的话多了起来。

二

说到饺子，就我见识的这些人里，我算是个行家。要说饺子馅的配菜，是什么都行的。不过人人的心头好儿都不一样，终究得看个人口味。活了这么一大把年纪——六十二，我今年六十二——要我说，活了这么一大把年纪，最好的配菜就是两样。一样是荠菜——你真是会吃的食客呀。春天的荠菜，那个嫩，那个鲜，什么都不能比。年轻的时候，我经常去野地里采——对，要是野长的荠菜才好吃。现在都是大棚的了，没意思。唉，其实也不是一点儿也没意思，就是意思少了。今年春天我就买了十斤，只是味道不如野长的。也不是心理作用，吃是能吃出来的，我这么一张刁钻的老嘴，整天吃，怎么能吃不出来？野长的东西，那个鲜劲儿蛮横，不讲理，天地雨露滋润过的东西，还是不一样。大棚里的荠菜，那种鲜劲儿就是两个字：规矩。你说，规规矩矩的东西，可不是意思少了？

还有一样是萝卜。白萝卜。秋冬时候，白萝卜下来，就该吃萝卜馅的了。萝卜是地里埋着长的东西，这东西，也有意思。我喜欢萝卜。生萝卜也喜欢吃，熟萝卜也喜欢吃。炒萝卜丝，腌萝卜条，煨汤炖萝卜块，这些个都好吃。萝卜这个东西，就是菜里的弥勒佛，不仅自个儿鲜，还吃味儿，能容。不怕你笑，每次焯萝卜的萝卜水，我都要喝掉。那个味儿，鲜辣鲜辣的，好像长着毛茸茸热乎乎的小刺儿，刷着你的舌头，你的喉管……

打小我就见着家里人做萝卜馅饺子，都是把萝卜用萝卜擦丝器擦成丝儿，再搁开水里焯，焯得差不多了就捞出来，再把萝卜丝用白布或者毛巾包好，放在案板上拧干——我经常放在搓衣板上拧，因为搓衣板的棱角可以把水分最大程度地硌出来。后来有了洗衣机，洗衣机不是能甩干吗？有人跟我说可以放在洗衣机里甩干，这倒是一个聪明法子，不过我不喜欢。这让我说啥好呢？打死我也不愿意这么干。洗衣机是干什么用的？怎么能用来甩萝卜？人懒得也太不讲究了。做吃的东西，还是要亲手去做，这才是心诚。做出来也才好吃。

肉呢，我跟你说，自家吃，可千万别买他们现成的肉馅，那都是最差的下脚料凑到一起的，那能吃吗？要是你懒得不行，那就买好了肉，亲眼看着让他们用绞肉机绞一下，要亲眼看着啊——反正我是从来不这么干。我就是亲手剁。要买前腿肉。前腿嫩啊。后腿瘦肉多，可是太有劲儿了，也不好。猪走路可不是后腿用劲儿大吗？前腿好。没有前腿？那也别用后腿，就用五花肉。五花肉有肥有瘦的，也好。自己剁嫌累？那得找方法。你把肉放到冰箱里，稍微冻一下，千万别冻透了，就是冻得有点硬的时候，再拿出来剁。这时候的肉特别好剁，几下就成。剁的时候别剁得太碎，别剁成泥。要剁成小小的肉丁，这样口感最好了。费一次事，可以多剁点儿。然后用塑料袋分成小包，每次吃的时候拿出来一块。

说起来这馅，可真是千变万化，基本上什么都能配什么。最近我配了一道西葫芦羊肉馅，也很好吃。西葫芦可出水了……羊肉，羊肉可是个好东西。我知道可多人不爱做羊肉，和猪肉打交道多了，就熟悉了猪肉的脾性，越熟悉就越愿意做它，对羊肉牛肉的就有些远，像个陌生的朋友，或者是个远房亲戚。生分。

它们太各色,打发不好是很难吃的。可我不怵。我们老家对付羊肉,就是花椒水。不停地往肉里打花椒水……没有不好吃的肉。不是肉的问题,是人的问题。我们小时候,牛羊肉都比猪肉便宜,对,没错,猪肉金贵。那时候计划经济,牛羊肉都可以随便买,就猪肉得到副食品店,还得要票。所以我们小时候,没少吃牛羊肉。我妈特别会做,她是山东人,山东人对饺子特别讲究。我就受她影响。

三鲜馅的,我跟你讲,就用白菜心,对,一定要用白菜心,娃娃菜?是很嫩,当然也可以的,可是大白菜的白菜心稍微有一点点甜味儿,更好。自己在家吃用不了多少料。香菇呢,七八朵就行,不过得是鲜香菇。鸡腿菇杏鲍菇也行,只要是鲜的都行。千万别用开水焯,一定要用生的。——最好还是用鲜香菇。我跟你说,香菇有一种闷闷的香味儿,闷闷的。有的香味可叫,可闹,咋咋呼呼的,可是香菇它不出声儿,你把它吃到嘴里,它的香味才一点一点儿地渗出来。香水不是有前调后调什么的?香菇的香就是后调的香,后发制人的香。还要放干虾仁。原来我也放鲜虾仁,后来觉得干虾仁更好,它是晒干的嘛,咸味重,口感也筋道。还有韭菜。得放韭菜。不过千万不能多,就那么一小把就行,有那么一点点的绿就够了。它是点睛的东西,是神来之笔。

咱还说萝卜吧。等到萝卜丝被拧得干干的,再也挤压不出一滴水了,配着剁好的肉和葱姜末,就可以开始调馅了……我跟你说,十年前,我盘萝卜馅还用这个法子,现如今我又不这么做了。

哟,你的饺子来了——我这饺子怎么样? 好吃是吧?

三

曾经,她觉得饺子是非常无聊的食物。不是吗? 简直是太无聊了。和面老半天,盘馅老半天,包又是老半天……忙活了一大晌,分分钟就吃完了。而且,也不是多么好吃,无非就是用面皮包着馅,一个一个吃。与其这样,吃包子不是更省事? 这不是闲得慌是什么? 这不是闲极无聊是什么? 每次看到母亲在厨房做饺子,她都想冷笑:到底是家庭妇女,且还是精神空虚的家庭妇女。

可怕的是,母亲不仅自己热衷做,还试图教她。对她说,饺子最能试出女孩子家的厨房本事。盘馅的用料,口味的咸淡,和面的软硬,包出来饺子是否匀称,是否饱满富态,还有最后收尾时是否"五净"——手净、馅净、面净、盆净、围裙净,都考验着女孩子是否心灵手巧……每当母亲说起这些,她都远远地走开了。要这方面的心灵手巧干什么? 燕雀安知鸿鹄之志!

"饺子好吃吗?"后来母亲不再说"五净"之类,每次包的时候,也还是会问她。她是谁呀,当然知道母亲的逻辑,只要她答了好吃,母亲就一定会说:"就是为了自己吃,也得学一点儿,我又不能给你做一辈子。"

一定的。

可她也不能说母亲的饺子不好吃,是不是?

"老实说,我根本不爱吃饺子。"她终于找到了最恰当的答案。听听吧,我不爱吃,因为不好意思扫您的兴,才忍耐着吃了这么多年。心理劣势顿时有力地翻转成为优势。

"为啥?"如她预料之中,母亲很惊诧。

"不为啥。"她才不说那么多呢。

那天,母亲的脸色黯淡了许久。晚上,她听见父亲在厨房安慰母亲:"唉,咱那孩子你还不知道? 多孝顺呀。还不是怕你累着?"

大一大二的时候,鸿鹄展翅飞翔,一点儿也不想家。到了大三,翅膀似乎有点儿累,开始觉得自己好像更像燕雀。那年冬至前夕,母亲打电话,叮嘱她一定要吃饺子:"冬至不吃扁,冻掉半个脸呢。"

她漫不经心地答应了。睡觉前的卧谈会,女孩子们叽叽喳喳说起来,都接到了家里人叮嘱吃饺子的电话,唯有一个。那个女孩子母亲不久前去世了。黑暗中,那个女孩子呜咽起来。大家慌忙安慰她,直到很久才睡去。

第二天,她乖乖地在学校餐厅买了饺子。那么多人的大锅饭,饺子还有很多是学生志愿者去帮忙包的,不整不齐,粗枝大叶,别提有多难吃了。可她还是很认真地吃完了,给家里回了电话。

"好吃不?"

"好吃。"

"比家里的还好?"

"这是什么话? 天跟地比呀。"

母亲在电话那边笑得响亮极了。如果拿饺子比,就像一个饱得不能再饱的饺子吧。

那年寒假回家,长长的春节里,她跟着母亲学做饺子。和面,调馅,擀皮,包……当然做得很不到位,而且等到暑假再回来时就忘光了,还得重学。可是母亲已经满足得不行了。——她发现自己连最简单的煮饺子都不会。总是饺子一下锅就用大火煮,一锅饺子能煮烂半锅,没烂的那一半还都不熟。母亲不厌其烦地一遍遍演示:只要等饺子从锅底漂起来就把火调小,慢慢地煮。什么时候熟呢? 用漏勺捞起一个,用手指的指肚子轻轻一打,皮儿软了,那饺子肯定就熟得正正好啦。

"好吃吗?"

"最好吃!"

后来她就学会了做饺子,也越来越爱吃饺子。她也开始享受做的过程。她尤其喜欢拌馅。很多人用筷子拌,她喜欢用手。

卫生起见,她戴上薄塑料手套,一手按住料盆,一手就开始拌,拌啊,拌啊,拌啊,眼看着这么多东西就融合在了一起,用各自的香味儿组成了一个浩浩荡荡的香味大军,这个部队的香味是混合的,却并不杂乱。是个性的,组织到一起却也是那么和谐,如同一个最融洽的团体。不客气地说,它们仿佛天生就最适合搭伴儿在一起奉献给人吃。拌着拌着她就觉得:人有一双手真是好啊,人有一双明亮的眼睛真是好啊,人有一个灵敏的鼻子真是好啊,人有一个健康的肠胃真是好啊,可以好好地做,可以好好地看,可以好好地闻,可以好好地吃。没有什么比这一切好好的更好了,不是吗?

在外奔波的时候,只要有她点主食的机会,她就爱点饺子。当然只点手工的,绝不点速冻的。她无法认同速冻饺子,那种统一的过于香腻的味道,那种一闻便知的工业性:什么样的面适合速冻,什么样的馅在解冻之后还能有什么样的口感,什么样的包装最能引起食欲……一种美味,成了流水线上的商品,想想就有一种莫名的生冷。如果有些饭店没有饺子,那她就退而求其次,找些类似于饺子的东西,比如锅贴和馄饨,或者生煎包子,都可抵得过。

和母亲的联系里,也时不时地会说到饺子。几年前的一天,黄昏时分,她正在家里做晚饭,忽然电话响了,是母亲打来的。

"你赶快去超市买七种菜,做一顿素饺子。记住,菜一定要够七种,不能多也不能少。饺子也是每人吃七个,不能多也不能少!"母亲谆谆教诲,她诺诺应答。最后请教她老人家:"这是什么由头?"——她常常接到她老人家这种突如其来的遥控指示,每次都有一些由头。

"先别说这个了,你赶快去买吧。我也得去寻菜了,回头再说!"

她不敢再啰唆,放下电话就和面,和好了面,连忙奔向家门口的一个小超市,小超市的菜很有限,挑完了大白菜、小白菜、小芹菜、生菜、莜麦菜、小香椿这六种,剩下一种怎么也找不到合适的:西葫芦有些硬。黄瓜呢,也不好切碎。土豆、莲菜这些也都挨不上饺子的边儿。最后看到香菜,才算解决了第七的问题。兜着七种菜回到家,洗净,沥水,切碎,用小磨油、十三香和盐拌好,面也正好醒得合适。正准备去包,却觉得这馅深绿浅绿的一片,终还是太单了些。于是又炒了一个鸡蛋,用鸡蛋的金黄色将这一片绿色岔开,果然就悦目了许多。等到饺子包好入口,她忙活了整整一个半小时。第二天给母亲打电话,追问由头,母亲呵呵地笑着:"昨儿咱们这儿打雷了,正中午打的雷,晴天白日打雷,不好。都说得按人口吃七个七叶饺才能免灾避祸。"

"究竟从哪儿传起的?"

"谁知道。反正是有人这么提了头儿。咱既然知道了,就得去去心病,是不是?"

四

——现在做萝卜馅,我就不这么做了。我现在的法子更简单更好吃。那就是直接把萝卜擦丝,擦成特别细特别细的丝,稍微控一下水,就把肉拌进去。煮好的饺子里,你慢慢尝,那个萝卜丝儿半熟不熟的,有嚼劲,有韧劲,和肉味蒸腾到一起,别提多好了。

调馅?调馅特别要命。不,不,千万不能直接把肉和菜调到一起。要分开调。肉呢,要放生抽和老抽,生抽调鲜味,老抽调颜色。再放葱、姜、十三香、盐……调好之后,把肉腌半个小时,才能拌进菜里。菜肉的比例嘛,城市里精细些的吃法,是一比二、一比三。我家里吃的都是一比四。肉嘛,就是那么轻轻点一下,能让菜里进去肉味儿就可以了。要记住呀,肉是给菜锦上添花的。许多人都弄反了,把肉当成了锦,把菜当成了花,结果是菜少肉多。肉多了才香算什么本事?还是腻香,也不健康。菜多肉少的香就不一样,是清香,健康的香。——当然了,菜少肉多也不是不行,不过那是农村吃法,是不讲究的吃法。不讲究还说啥呢,是吧?肉菜汇合以后,再放香油。记住,香油不能先放。先放香油,容易把其他的味道糊住,其他味道就进不去了。

对,再说几句十三香。现在的十三香都有专门的饺子调料,有调荤馅的,有调素馅的,我告诉你,不管你调荤馅还是调素馅,最好都用十三香里的那个荤馅料。为啥?要是你调荤馅,这个料可以去腥。要是你调素馅,素味太单薄,加了这个料味道就能厚上一点儿。

面嘛,人是衣裳马是鞍,饺子就是馅和面。面当然是有讲究的,太有讲究了。是大讲究。放多少水,放多少面,和好面以后——有的人说是和面,和气的和,我觉得不对。就应该是活,把面粉弄活,不然它就是没有命,这个让人吃的命——让面醒多长时间,都得好好讲究讲究。我也是做了两年才做得像了个样子。这个不能细讲,你只能自家去做,总之做得多了也就懂了,功到自然成。到时候放多少水,面是个什么样,醒多长时间,面又是个什么样,你都门儿清。不过有一点儿我告诉你,面不能太硬,太硬煮出来的皮儿也硬。咱还是应该吃软面饺子,对胃好。咱河南的面?那就是豫北的好。那里的面可真有劲儿!去年有朋友给了我一袋豫北面,要是你第一次见这面,你肯定会觉得这面有问题,你简直不敢相信,怎么还有这么好的面。那面,你擀面条的时候,简直就擀不开。你擀一下,它就弹回来了。你再擀,它再弹……那面好得呀,每个饺子皮都得多擀五六下。一顿饺子吃下来,力气弱的人,肯定手腕都得疼呢。

馅和面的关系呢,自然是做得越多越有经验。我现在就能做到这个份儿上:面和馅搭着量,一点儿不多,一点儿也不少。

听着挺神吧?兜底儿跟你说,其实哪儿有那么神呢,不过是看个人的眼力见儿罢了。你想,最初也不过是个大概齐,越包到后来,馅和面的量就越清楚。要是馅少呢,就少包点儿馅,要是面少呢,就多包点儿馅,到最后可不就正好了吗?

——我这也是讲究得过了。要说过日子,可不能这么讲究。是吧?这么讲究也成问题。就像我闺女,也养成了跟我一样的毛病,凡事总讲究个正好,一对一,俩对俩。好多年前,有一次,她几个朋友来家吃饭,她的朋友嘛,我不吱声,任她招待。她就这个弄一点儿,那个弄一点儿,弄了几个菜,一点儿饭,还煮了饺子,问人家每人几个,让人家报,报完了煮。最后呢,那点儿菜都没吃完,都剩了那么一点点。送走了客人,她收拾桌子,对我夸:看我今天做的,多么正好!多么科学!

她那些朋友,再也没来家里吃过饭。最近,也就是去年吧,有个朋友又去我家,我下厨,她吃得饱不棱登地才说,你知道吗?那年在你家吃过饭,我们出门就另找饭店去了。没吃饱啊。不敢吃饱啊。作为客,总得剩点儿吧。我闺女她这才明白。大家笑得不行不行的。

这事有意思吧?做得越少,越剩下。

——对,我也反对剩下饭菜,吃吧不健康,不吃吧浪费。我也知道这不是为了省钱,不是因为小气。如今的日子,早就过了小气这一关了。可是事情还真不能这么论。自家人怎么做都成，要是招待客人，那就要多做，超量做，千万不能可丁可卯地做。一来客来了，客有客的心态，本来就扭捏，看你做得少，就更扭捏，不敢吃了。二是做客的人，到了主家，尝的是新吃食，新做法，总会多吃些。你做得多，他才能放开了量来吃，吃个痛快。三是，做得多是主家的面子，吃得多是客家给主家面子，主家客家都有面子，多好啊。

好饺子品相？那就是薄皮大馅。薄皮不难，大馅也不难，难的是这两样都有。有一次，我去别人家吃饭，那家嫂子也包饺子，可是皮厚啊，一口咬不透！馅呢，就那么一点点，我就问："你们怎么放那么一点点馅？"那家嫂子说话也硬，说："你要是吃馅，那你去吃丸子呗。"

那家嫂子人是好人，做饭也实在，也使劲儿往好处做着，可是人这东西是讲灵性的，什么都讲灵性，做饭也得讲——做饭呢，其实尤其讲。你说人一辈子要吃多少饭？一天三顿，一个月三十天，一年三百多天，一年一千多顿饭……但凡有一点儿灵性，就能琢磨出自己的招式来。要是做了那么多年饭，还没有自己的一招半式，那就说不得了，只能认命吧。

要说命，也是奇怪。我老家村里有一个媳妇，最喜欢把馅放馊了再包饺子吃，她说那有一种自然酵酸的味道。听她这么说，我也有心一试。有一次我故意把饺子馅放馊吃了一次，还真有一种怪怪的酸香。不过相比之下，还是觉得不馊的好——就有人爱吃馊了馅的饺子,你说说这事!

剩饺子怎么办? 那就做煎饺子呗。我也爱吃煎饺子。煎饺子和现煮的饺子,就是两个味儿。别用电饼铛,电饼铛煎饺子容易煎得变形。就用平底锅,热油把饺子放进去,等饺子焦了底儿,泛了黄花儿,再给饺子翻身儿。煎到差不多了,觉得饺子硬实了,就放点儿水。对,跟做水煎包差不多。然后,这煎饺子就又软又香啦。

自己做速冻饺子? 也可以啊。不过得注意两点,一是饺子皮得厚,这样煮的时候才能不漏馅。二是包好了饺子,放到冰箱里冷冻以后,只能稍微那么冻一下,就得赶快放到塑料袋里。不能一直那么敞着冷冻,会把饺子冻裂的。你知道吗? 冷冻箱可耗水分呢。还有,咱们的饺子用的面跟那些冷冻厂里的不一样,他们用的面都有这样那样的添加剂,咱们的没有,就不能像人家那么去冻。

——说一千道一万,能不吃速冻就别吃,什么东西一速起来就不大好。真的。

还得说说面扑。面扑也是一件要紧事。你看我这饺子汤,白里是不是还带了点儿黄? 我给它起了个好名儿,叫"雪里金"。这金是啥? 是玉米面儿。包饺子的时候,咱们用的面扑都是白面,是吧? 其实玉米面做面扑更好! 细黄的玉米面,包好的饺子在这种面上扑一扑,就更利落,更隔,更不黏案板。扑了这

159

种面的饺子下了锅,饺子汤会带了点儿玉米粥的甜味儿,更好喝!——我跟你说,这种面我们豫西的最好。对,这就是今年秋天我回洛宁老家的时候带来的,好吧?

煮饺子?煮饺子就两点,一是得熟,二是不能破。千万不能破,就像人的精气神儿千万不能散。你说千山万水的,到了煮饺子的时候,饺子破了,漏了,馅儿进到了水里,饺子毁了,饺子汤也毁了,还吃个什么意思呢?可图个什么呢?

哟,吃完了?你胃口真不错,当然也是我家饺子好。再给你来碗热汤吧。对,对,来碗"雪里金"。得,我也来一碗吧。

五

"您为啥这么喜欢吃饺子呢?"她问。她总觉得这也是有由头的。

"这有啥可说的。饺子好吃呗!跟你说吧,我这个人呢,就是喜欢吃。吃喝玩乐嘛,吃就是活着的第一条,我就是要让自己好好吃,吃好吃的。有一次,我一个人在家待着,有老伙计打电话请我去外头吃饭,我一听那饭店,火锅什么的,我就没了胃口,我就说我在家自己做好了。他问我做啥,我说做饺子呗。他说一个人在家也包饺子?我说我爱吃饺子,跟一个人两个人在家有啥关系呀。"

两个人一起笑起来。

"这老伙计说的话也有道理。一般人家家常做饺子不多，做一次就觉得可琐碎，可隆重，太麻烦，轻易就不想开这个张。一家人都这样，何况一个人呢？以前我家也是。想吃个饺子就得跟老婆商量，跟闺女商量。商量来商量去我就有点儿赌气，我就不信自己做不成这个饺子，不信自己就是个好吃懒做的命——既好吃还懒做，那就只能指靠别人。不想指靠别人，就去超市买速冻。可是一买速冻，我就觉得委屈。我就想，这也能叫饺子？我怎么就得吃这个东西？我就埋怨自己，你活了这么大，一辈子啥事都做不成，还不能好吃好做，给自己做好饺子？于是我就开始发狠，天天做，天天做……啥事都搁不住天天做啊，要是天天做，肯定就成了一件容易的事。世界上的事，就是这么回事。"

她微微笑着，看着这可爱的老头。

"三年前我没了老伴儿，闺女在上海成的家，让我过去，我不去。闺女不放心，死劝活劝的，让我琢磨点儿事做。这不，我就开了这家饺子店，算是吃自己爱吃的，做自己爱做的。齐了。"老头喝了一口汤，"你咋也这么爱吃饺子呢？像你这个年纪的，爱吃饺子的不多。"

她顿了顿，开始讲母亲的事："……她去年视网膜中央动脉出了毛病，眼睛就看不见了，我每次回家，她也还是想给我包饺子。我就和好面，调好馅，擀好皮，让她包。"她说着说着笑了起来,想起和母亲包饺子时的情形。母亲,她那么会做饺子,她和父亲不论谁在家,只要说声吃饺子吧,母亲就来劲儿了,开始做,可是一个人在家时,母亲就是对付,吃点儿剩饭剩菜,就打发过去了——她那一辈儿人活得,没自己。

母亲的眼睛看不见以后,她知道,这饺子依然得做,甚至更得做。所以每次回去看母亲,她一定张罗着要吃一顿饺子。她把什么都准备得妥妥当当,母亲就只负责包。她给母亲讲关于饺子的段子。说两个老外在中国过春节吃饺子,一个说:"我真傻,第一次吃饺子还剥皮了。"另一个说:"你还好,我第一次以为是吐核的。"她给母亲讲他们请新来的外教吃饭,主食点的是饺子。外教眼巴巴地看着他们怎么吃。一个男同学夹住一个饺子正往嘴里送,筷子一滑,把饺子掉在了啤酒杯里。那老外也急忙用勺子把饺子舀到酒杯中,然后再捞出来送到嘴里,把他们都笑坏了。这外教还很好学,问他们为啥要这么吃,一桌子人都不知道该怎么回答。她想起母亲的话,就说这叫"饺子就酒,越吃越有"。老外又问:这个有是指有啥?她回答:有好日子过呗……母亲笑得手都抖了起来,她笑着接过母亲手里的饺子,放到案板上。案板上哪里都是面,她身上也是。虽然学会做饺子也有小十年了,可她还是没办法达到"五净",总是弄得哪里都是面。好在母亲已经看不见了——再坏的事情也有那么一点点好处的。

"是啊,人好吃哪种东西,虽说是在东西,可也不在东西。说到底,在的是一个念想。"老头儿沉默了一会儿,长长地叹了口气。

她沉默着,静等他说下去。

"1960 年,我 10 岁。到了年关,家里没吃的,啥都没有了。我妈让我去借粮,我就踩着雪去到县城里,到了我姨家,我姨给了一斤白面。真的,只有一斤。——小孩子没脸没皮的,去借粮食最好。大人们豁不出去。都缺吃的,去朝人家借,真是没办法张嘴呀。

"那是大年三十下午,下着大雪,我就把那一斤白面拎了回去。回到家就天黑了,我妈问我想吃啥,我说想吃饺子。我妈站在那里,发了半天愣,才开始和面。没馅,我知道,可我看她在厨房里忙活,就知道她肯定会有办法弄到馅。在小孩子心里,妈妈总是个有办法的人。

"又过了一会儿,我去厨房看,我妈已经把饺子包好了。每个饺子都圆圆的,鼓鼓的,我心里高兴啊,对我妈说:妈,你真行!我妈笑了一下。我问妈啥馅的,妈说你到时候就知道了。

"饺子供过了天地君亲师牌位,上桌了。我夹起一个送到嘴里,一咬,一股子清水流了出来。什么馅都没有,只有这一股清水!"

"一股清水?"

"对,清水。"

"清水怎么能包到饺子里?"她满脸问号地看着老头儿,一点儿也没听懂。

"她包的是雪疙瘩呀。傻孩子!"老头儿笑出了泪。

她蒙在那里。

"现在不都时兴说水饺水饺吗? 我告诉你,我那回吃的才是真正的水饺呢。"

"那水饺,什么味儿?"她愣愣地问。

"有点儿甜味,真的。雪是甜的。"老头儿悠悠地说,"所以我跟你说,煮饺子千万不能破。你想,要是我妈饺子包得不好,怎么雪化成水了饺子还不走样?"

她点点头,不知道该说什么。

"其实,破了的饺子——"静默良久,她终于开口,却又顿住。失明的母亲手力现在也不济,包出来的饺子常常都是破的。她一个一个地修正,也还是会煮烂大多数。她会把好的挑出来给母亲吃,她和父亲一边吃着那些烂饺子一边赞不绝口。

——回过神来,她发现老头儿正看着她,眼巴巴地等她继续。

"也是好吃的。"她说。

"你要真说好吃,我也没办法。"老头儿宽容地笑笑。

她也抿嘴一笑,站起来,结账,出门。

象　鼻

一

　　醒之前,她正在做着一个梦,梦见一头白色的大象慢慢悠悠地向她走过来。看着那头庞然大物,她有些害怕,可是又恍惚记起曾经看过的动物纪录片里说大象的性情温和,一般不会把人怎样,于是又心生好奇。她还从没有和大象亲密接触过呢,走近了不知道会怎么样。那大家伙像一堵行走的城墙似的,披挂着一道道沟壑似的纹路,也不知道脏不脏。还有它的鼻子,吃东西的时候那么灵巧,肯定也能举重若轻地把她卷起来吧?若是时机适宜,不妨试试。不过还是得小心一些,那么大的脚,那么粗的腿,要是被踩上一下,可有得看呢。

　　犹豫着,纠结着,大象已经近在咫尺,呀,象鼻子伸过来了,喷着湿漉漉的热乎乎的气息,朝着她逼近,鼻孔里黑黝黝的,如无底的小小的深渊……闹钟响了。

　　她的熟人圈里,似乎只有她一个人还在用闹钟——不是手

165

机里定时的那种数字闹钟,而是货真价实的独立存在的真闹钟。没办法,打小她就养成了这破习惯,从小学一直到高中毕业,她早晨的声音里总有闹钟一项。大学住集体宿舍,不适宜了,好在也不用起早贪黑地上课。等到上了班,闹钟便又回归到了床头柜上。偶尔去旅行,没有了闹钟响,醒来时她总有点儿鞋底虚空的感觉,仿佛是没有了一个倚仗。直到回到家里,再次被闹钟在早晨砸醒,才会重新踏实起来。这真是变态呀。可既然摆脱不了,就只能让这种折磨相对舒服一些。于是她把自己的大头贴贴进了闹钟的时间显示屏上方,这样看起来好像就是她在指挥着闹钟一样,顺眼顺心多了。

她决定赖床五分钟,再想想梦里那头大象。这个梦若是解的话,能解出几个意思?白象和佛教关系很深,应该是吉兆。不过又能兆到什么吉呢?这日子过的,大的就别想了,小彩头能有一个就不错。比如谁给你一包泡面?有个泡面就是白象牌的,几年前她没少吃它。

似乎闻到了泡面的味道。她皱了皱眉,起床。看了一眼闹钟,不多不少,五分钟。

喝一大杯凉白开,然后洗漱。洗漱完毕,大便还没有报到的意思。好吧,再来一杯。必须大出来。她的大便很矫情,只喜欢早上。两年前她有过深刻教训:早上没大出来,一天没大出来,痔疮复发,两天、三天都没大出来,只好去灌肠。医生说要么做

166

痔疮手术，要么就别再犯毛病。毋庸讳言，后者显然更正确。

可还是大不出来。她知道问题在哪里，因为她给大便也定了闹钟，而今天，大便跟她一样，也想赖床。这东西的赖床可比她的赖床难缠多了，你越催，它越赖。如果你告诉它：只剩下十五分钟了，只剩下十分钟了，只剩下五分钟了……瞧着吧，它就会像一个赶飞机赶得很仓皇的觉得自己很可能赶不上的任性乘客，在半道上索性退了机票，打道回府去了。

面对这矫情的东西，她也有招数：哄着它。她轻声慢语地对它说：慢慢来，不着急，迟到没关系，不上班也没关系。不就是扣工资吗？没事，总比去做痔疮手术强……然后，果真，下腹紧胀，微微发疼，就大了出来。

迅速拎包，上街，打车。不打车就真的要扣工资了。

二

每次上街打车，她都压抑不住自己的愤怒。车很难打，尤其是在这大郑州的东北部。东北部是行政区，省委省政府各大机关都在这里扎堆儿，出租车也都在这里扎堆儿。可是很难打，打上也很难走。车多，人多，路堵。

因为矫情的大便，她便成了早晨出租车的常客。迟到是两百，出租车费是二十，所以必须打车。上班的地方是商业中心，

167

是最容易堵车的黄金地带。每当她在早晨这堵车高峰期报出目的地,师傅们都要犹豫片刻,然后才会说:"走吧。"或是:"走不成。"

在大街上,她走走停停。走是为了寻觅迎面而来的出租车,停是为了往后看尾随而来的出租车。这个时候正在早高峰的最高峰值,出租车的绿灯是宝石一样的焦点,必须得眼观六路耳听八方。但见视线里的出租车来来往往,车顶却都红灯闪烁着"有客"。有客,有客,都他妈的有客。

终于,一辆空车来了。她坐上去,报了目的地。

"怎么走?"司机没问"你好",看起来很沉郁。这个男人,有三十吗?

的哥们形形色色,有让你指路的,有给你指路的,有和你商量着的,总之都是以尽快到达目的地为目的。不以最快到达目的地为目的的行程都是要流氓。她常常给他们指路。一来是经常迟到,打车经验也算丰富,指得比较科学。二来是即使被憋到了路上,也愿赌服输,无怨无悔。听从司机的建议总是有点儿危险,不止一次,她发现他们会宣称要躲避堵车而绕远路,结果常常是路远且堵。

她说了常规路线:先上经三路直行,再右转上花园路。

"不好走啊。"

"慢慢走呗。反正都不好走。"

车向西去,左转上了南北向的经三路。这是她上班途中最漫长也最恐惧的一段路,每天她都要和它拧巴战斗。

　　"其实,走中州大道比较好。"他说。

　　"是吗?"她马上明白了他的思路:中州大道是和经三路平行的一条南北向高架路,没有红绿灯。可是要上中州大道得先向东走一段,下了中州大道后的西行路段也随之加长。这样一上一下,几乎就是一个长方形的口字走了上下左三条边。况且在交通实时播报里,中州大道也常堵。他以为她是从不打车的白痴?

　　"我每天都在路上,比较了解。"他又说。

　　"哦。"她面无表情。这都是的哥们的套话,且敷衍着。

　　"咱们就走那条路,怎么样?"

　　还挺不屈不挠的,哈。

　　"算了,就这么走吧。"

　　"不相信我?"

　　"这条路我也经常走的。"

　　"但我的方案你没试过,是吧?"

　　"走那儿挺绕。"

　　这是底牌。

　　他沉吟了片刻:"也没那么绕。上了高架就没有红绿灯,就不用算你计时费,到最后价钱都差不多。"

"我一般坐到公司是二十。"

他沉默。她暗暗冷笑。走中州大道肯定超过二十了吧。

前面东风路口红灯，拥堵。一个绿灯只能走三四辆车，他们面前还有十来辆车。一路行来，只这经三路上就还有十几个路口，一大波红灯在热情似火地等着他们。

前面隔离栏有一处小空白，可以掉头。他突然走上了左道。

"喂！"

他已经开始掉头回去。

"听我的，"他说，"走中州大道。"

一时间，她不知道该怎么办。碰到这么霸道的司机，还是第一次。再换打一辆车？铁定迟到。

"我保证你不误事，也不多花钱。"他说，"你不是说二十吗？不论表走了多少钱，你最多只给二十就行。"

他把计程表重新归零。

"从这里开始算，半个小时内一定到。让你看看我的建议有没有道理。"

她扫了一眼时间，正在二十七分。好吧，看看就看看。随即又怒火升腾：凭什么要听你的重新来？凭什么我要搭工夫看看你的建议有没有道理？凭什么你就有绝对的话语权？……都堵在喉咙里，被她咽了下去。她看着这个司机的侧脸，黑黑的，高鼻梁，有点儿酷，有点儿帅。

她突然有点儿喜欢他了。

三

和前任分手后,她再没有像喜欢他一样喜欢过别的男人。

也不是他有多好。能有多好呢?有多少好也得是趁着热恋的那股子劲儿。分手两年了,记忆越来越凉,他的那些个好早已经光环散尽。能让她不时想起的,居然都是些难堪的琐事。到底同居过三年,他们之间,有的是琐事。比如她大便,在卫生间里一蹲半天,他急得不行,干脆就把尿撒在厨房的洗菜池里。她斥责他,他嬉皮笑脸地说:"有什么关系嘛,不过是一点儿液体嘛,也不比菜脏多少,冲冲就没事了。不信你闻闻,你闻闻。"她痔疮犯了,他要给她上药,她很不好意思,坚决推却,他说:"你看不见的,还是我来上方便。你们女人,那两个地方挨得那么近,涂过了界,都不舒服。"她被上完了药,羞得不敢睁眼。他洗过的手上还留着药味儿,刮着她的鼻头儿说:"这事儿我都给你伺候了,看你还敢嫁给别人。"

三年下来,她没有嫁给别人,他倒是娶了别人。——熬不下去,他还是决定回老家,她不甘心,要继续熬。两个人哭了几回,哭一回心里紧一回,紧一回后,心里也会松一回。紧紧松松,松松紧紧,如同摇了几次手车还没开,告别的双方都笑不动了似的,释放出来的眼泪竟然把不舍的情分都冲洗得淡了。她这也方才知道,原来在这世上,最不庸俗的情分和最庸俗的金钱一样,虽是最不好存,却是最容易花的。一不留神,余额就成了零。

零也好,比负数强。

她一个人继续打拼,疯了一样地上班,上班,上班。所谓的情场失意职场得意,开始应在了她的身上。她的工作渐有起色,顺顺溜溜地升职加薪,去年公司团购房子,她也买了一个小户型,算是在这大郑州结结实实地扎下了一个小根儿。人呢,也被推到了三十边儿。

三十,乍一看,这个数字有些惊心。她常常无意识地会把这个数字画一下,画多了,也就有了些破罐子破摔的木然。三十又怎么样? 如果不打算结婚生子的话,还年轻着呢。如今的男孩子们也都是贪婪势利鬼,恨不得都娶个现成的网红脸富二代,四仰八叉地躺倒在岳丈的厚家底子上做春秋大梦。像她这样姿色平平又精明能干的,结了婚也多半是当老妈子的命。谁来疼她呢? 若不图人疼,却上赶着去疼人,还不如留着力气疼自己个儿呢。

一清二楚地算着这笔账,她眼前又浮现出前任的脸。日复一复地,他的脸越发模糊了,能证明他在她的生活里存在过的,只有那些偶尔会沉渣泛起的还没有死透的细节。比如刷牙。那时节,早上刷牙,她挤牙膏,挤好了自己的,再挤他的。挤好了,再把两支牙刷并排放在一起,美滋滋地看上一小会儿。她喜欢喝酸奶,酸奶喝得见了底儿,她把手指伸进酸奶盒儿,蘸着最后那点儿酸奶汁儿抹在脸上。临睡前,他们亲脸道晚安。他说:"你的脸酸。"她说:"你的脸咸。"

那时候的她,不怎么会算账。不怎么会算账的人,很傻。傻有傻的好。如今她才明白。可如今这傻就只能想想,是再也寻不回来了。会算账的人,傻不起来。有时候想装,也装得艰难。她就发现,傻这种东西,原来个头儿很大,袋子小的人,装不下它。

四

一路东行,过了一个路口,车右转上了中州大道。中州大道上车当然也很多,走得也不快,却也居然真的不堵。所有的车都有序地向前行驶着。灰色的,白色的,红色的,银色的,蓝色的,黑色的,大的,小的,高的,矮的……只要不堵车,在这工业化的高架上,行驶着这些工业化的车,这情形看着还有点儿美呢。

没有征求她的意见,他就放起了歌,是《我和草原有个约定》。

总想看看你的笑脸

总想听听你的声音

总想住住你的毡房

总想举举你的酒樽

在看不到草原的地方听草原的歌,挺合适。唱歌的是降央卓玛,中国最美女中音之一。

她尽力克制着自己的愉悦,虽然她也喜欢听草原的歌。当然,她当然知道自己该生气,哪怕不堵车也该生气,即使他是对的也该生气。她是乘客,她是坐车的人,他怎么能这么不尊重她呢?怎么能这么强势呢?不由分说的,说一不二的。

可还是愉悦。好吧,她承认,她生不起来气,一点儿都生不起来。现在甚至是很愉悦了。这个男人,他这么替她做主,她可以这么省心,那就随便他吧。

她又看看他的脸。戴着一副墨镜还真是有效果,看不见他的表情。如果他的表情很硬,她就软一些。如果他的表情很软,她就硬一些。可是看不见他的表情,她该怎么样呢?不软不硬?

"这歌好听吧?"

"嗯。"

"听过吗?"

她没有回答。岂止听过,她还会唱呢。——如果她突然高歌一曲,会不会吓他一跳?那就唱吧,吓他一跳,也算对他小小的报复。

看到你笑脸如此纯真

听到你声音如此动人

住在你毡房如此温暖

尝到你奶酒如此甘醇

在开口的一刹那,她用左侧脸感觉到了他的吃惊。更加愉悦。她没有看他,一直引吭高歌。不时有行人朝他们看,是不是会觉得她很疯狂?愉悦加倍。

等她唱完,他关掉了音乐。车里瞬间变得很静,她几乎能听见自己的心跳。胸口有些湿凉,那是微汗。唱歌是个力气活儿。

"唱得不错。"他说,"去过草原吧?"

"没有。"

"怎么不去?"

"有一首歌,叫《我想去桂林》,歌词是:我想去桂林呀我想去桂林,可是有时间的时候我却没有钱,我想去桂林呀我想去桂林,可是有了钱的时候我却没时间。"

他点头:"大家都犯这个毛病。"

"其实,比起去草原,我真的更想去桂林。"

"桂林山水甲天下嘛。"

"我只是想看看象鼻山。"

似乎很无厘头的，就扯到了象鼻山。她眼前又闪出梦里的象鼻，湿漉漉的，热乎乎的，小小的深渊一样的象鼻。象鼻山，她和前任也曾说起过的，也是在听《我想去桂林》时，她撒娇说我想去桂林我想去桂林我想去桂林，他宠溺地答应着说，好好好，咱们要是到了桂林，一定要先去象鼻山，象是祥，咱们先求个吉祥如意。似乎是真准备去的架势，他还从网上查了一些象鼻山的资料，告诉她，远远瞧着，象鼻山的象鼻和象腿之间不是有一个圆圆的洞嘛，那洞是有名字的，叫水月洞，洞里还刻着一首诗呢。那诗似乎是四句，如今，她只记得后两句了：

水流月不去

月去水还流

五

车稳稳地向前开着，路标显示着东区方向，机场方向，107国道方向，开封方向……都是远方。不在此地的，都是远方。

"你结婚了没？"他问。

"没。"

"怎么还没结婚呢?"

"你结婚了没?"

"没。"

"你怎么也没结婚呢?"

都笑起来。

"你经常这么做吗?"

"什么?"

"给乘客提出并且实施你的建议。"

他沉默了一小会儿:"不经常。"

她沉默着。他在撒谎,她断定。他一定是经常的。怎么会不经常呢? 不过这断定一点儿都不妨碍她想听他的解释。

"不是所有的乘客都像你这么通情达理。"

"你怎么知道我通情达理?"

"能看出来。"

她微笑,悦纳了这份奉承。通情达理能看出来吗? 没有及时和他吵架就是通情达理? 或者只是懦弱,也可以说成是好欺负吧。

车下了高架,向西拐进纬四路,接近闹市区。很快,碰到了第一个红灯。

"还有四五个路口,不过车不会太多,不相干的。"他说,"别急啊。"

"不急。"她看着那红灯说,"安全第一。"

很小的时候,刚知道红绿灯这种东西的时候,每次在街上过马路,她都会跟在大人后头,小心翼翼地看着红绿灯。"红灯停,绿灯行。"念着这样的口诀,她执行得一丝不苟。那时候,远远地看见是红灯,她就会懊恼,想着怎么又是红灯了呢?若是绿灯自然是欣喜,就会加快脚步,想着要赶快过去。仿佛每个绿灯都是个千载难逢的时机,一步跟不上,就会步步跟不上,自己的身家前程都在这一个绿灯上。

慢慢地,长大了,路口过得也多了,看见很多人在红灯的时候也过,绿灯的时候也过,她也就不那么在意红绿灯了。常常也便是红灯也过,绿灯也过。那时候,远远地看见红灯是绿灯,绿灯也是绿灯。想着什么红灯,什么绿灯,规则是死的,人是活的,何必那么板板眼眼呢?

再后来,长得更大了些,路口过得更多了些,不知不觉间就有了畏惧,及至见了几起事故,更明白了:最基本的规则还是应该遵守的,红绿灯还是应该看看的。于是,又开始红灯停,绿灯行。实在情势紧迫,度量一下环境,才会去闯闯红灯。那时候,远远地看见红灯就会欣喜,就知道等自己走到跟前,红灯就会变成绿灯了。如果远远地看见的是绿灯,反而还会压下步子,知道这绿灯对于自己毫无意义,等自己到的时候很可能绿灯就会变成红灯。

所以啊，急什么呢。没用的。

后来的后来，一直到现在，路口自然是过得比以前更多，也知道将来还会过不少，对于红绿灯，赶路的时候虽然多少有些焦躁，真碰见了，反而没了什么心思计较。知道那一个个路口反正就在那里站着，红灯也好，绿灯也好，有灯也好，无灯也好，该等的时候等，该过的时候过，该闯的时候闯，也就是了。

还能怎么样呢。

六

纬四路上都是医院：肿瘤医院、省人民医院、胸科医院、女子医院、男科医院……一个接一个。医院也爱扎堆儿。医院周边的配套门店都很热闹，水果店、鲜花店、药店、早餐摊、小饭店。不时有睡眼惺忪的男人女人拎着油条晃晃悠悠地走进医院大门，她仿佛闻到了劣质油诱人的香气。

"每当打这儿过一趟，我就觉得自己挺幸福的。"他说。

她看看他的脸，他的嘴角漾着一丝笑意。

"因为人家生病倒霉，所以你就知足常乐？"

"对。"

"不崇高。"

"对。"他很坦然，"你崇高？"

她笑起来。他也笑得很灿烂。

"反正最起码咱不是幸灾乐祸。"他说。

"人家有病了咱觉得自己很幸福,这还不是幸灾乐祸?"

他没应。这话够呛的吧。

又过了一个红灯。前面就是经三路,再然后是花园路,再然后,她就该到了,眼下表上的价格是十六块。

"我觉得,咱这不是幸灾乐祸。"他终于说。

红灯变绿。

"为什么呢?"他慢条斯理地自问自答,"一、我没有咒人家倒霉。人家倒霉不是因为我。二、人家倒霉我之所以高兴,这高兴的重点不是人家倒霉,而是高兴这事儿没落在自己身上。三、看到那些倒霉的人,其实我也挺为他们难受的。大地震那年,哎呀,这都有十年了吧,那些日子,我简直不能看电视,一看电视我就哭……唉,我也说不清,反正你爱信不信。"

她沉默。他已经说得很清楚了。其实质问他的时候,她根本也想不到这些道理。这个司机,还真是有些特别呢。如果——她突然想假设一下,虽然假设毫无意义——和他成了一家,过起了日子,也不会差到哪里去吧?

公司门口还有一小段路,表价跳到了二十。如果开到公司门口,一定得二十一。

"到了,靠边儿停吧。"她说。当然不是心疼那一块钱。她只是不想让他知道她在什么地方上班。这一路,他们说得似乎太多了,她有点儿介意。还有,她莫名其妙地不想让他扫兴。她扫了一眼时间,五十五分。重新计时的行程是二十八分钟。

他停好车,有点儿纳闷:"你在这儿上班?"

停车的地方是个小型的水产市场,味道很难闻。据说早几年就该搬迁了,因为后台硬,一直耗着。

"对。"

"不太像你的身份。"

"我什么身份?"

"好身份。"

嘴角挂着笑,她找出钱给他。这个家伙,眼睛还有点儿小毒呢。停在这里是对的。

"以后用车什么的,可以和我联系。"他递上一张名片。

"好的,谢谢。发票给打一下。"

"好嘞。有账面大点儿的票,要不要?"

"要。"

"这几张都给你?"

她笑了:"报不了那么多。有时候吃个工作餐,地摊上没发票,才拿这个冲账用。"

他也笑了,眼神笃定地盯着她:"能不能留个手机号?"

一瞬间,她有点儿留给他的冲动。他在朝她笑,这笑容有些熟悉。要说留给他也没什么，想联系就联系，不想联系就拉黑。不过一个手机号而已。如果联系呢？她能大致推测到之后的事。他是个出租车司机，这有点儿那个，不过又怎么样呢？有什么不好呢？反正她在这个城市也是孤身一人。反正又没打算和他结婚。而且他看着是那么聪明，健壮，不讨厌。

可是，此刻，他的笑容让她不喜欢。她掐灭了留给他的冲动。他的笑容太自信了。凭什么就那么自信呢？是不是如此得逞的次数太多了所以让他觉得也能打倒她？这让她不爽。

"抱歉，快迟到了。"她下车，飞奔而去，能感觉到他盯着她的背影数秒。

公司大楼装的是观光电梯，在大楼的西南角。她赶到的时候，电梯门正准备合上，有人伸出手感应了一下，电梯门便重新打开。原来是公司的同事。她跟同事点头致意，进了电梯。进电梯的一瞬间，她把那张名片扔进了电梯门口的不锈钢垃圾箱里。

电梯徐徐上升，她把目光投向大街。街面越来越远，来来往往的车都像是彩色的小虫，很有点儿魔幻感。这电梯又像是什么呢？她想起了象鼻，突然笑出了声。

零点零一毫米

一

一辆又一辆电动车飞驰而过,唰,唰,唰,都穿着雨衣,大红,粉紫,浅绿,深蓝。走路的人三三两两,都打着伞。她看着一朵又一朵的伞,游动在这雨夜。

伞有什么好看的呢? 没什么好看。这年头,商场楼盘开业都会把伞当成纪念品,伞面上都印着大大的标识,没有什么趣味。不过,若是硬要去看,也能看出一点儿小小的意思来。那些上年纪的不讲究的人,多半会打着深色的净面伞,或者是黯淡的方格子伞。年轻的女孩子们,伞面上多半是雅致的小碎花或者亮丽的大色块。加菲猫、维尼熊、米老鼠之类的卡通图案下,则是孩子们小小的面庞和身形。小雨衣,小雨伞……她顺脚走进一家药店,导购很快迎了上来。

您需要什么?

安全套。

请到这边。

她跟着导购走过去，七拐八拐，到了"计生专柜"。她微微怔了一下。倒是忘了，安全套可不是一直属于所谓的计生用品吗？

蝉翼亲密装是立体环纹，刺激性很强。紧箍高潮装是凸点螺纹，加倍摩擦。这个是超滑快感装，润滑剂的量特别大，效果嘛，也不用说了……导购喋喋不休，看样子像是个还没结婚的女孩子，讲起这些却是职业化的老练至极。她平静地听着，看着五光十色的避孕套盒子，想象它们鼓起来的样子。

很久以前，她买这种东西的时候，像做贼一样。现在，不会了。她平静得没有任何羞涩，近乎不知廉耻。

终于，导购又去招呼别的来客。她挑了一盒超薄延时装。结账，出门。

在药店门口，她又茫然地站了一会儿。春夜，这不大不小的雨，又勾出了习以为常的空落落。雨是抒情的，也是色情的，尤其是春天，尤其是晚上。年过四十之后，她才体会到这一点。

定了定神，她看见有一辆出租车打着空车灯停在不远处的路边。她走过去。司机在看手机，理着个两鬓短头顶厚的莫西干头，精瘦。

她敲了敲车窗。"莫西干"抬头看着她，眼神很冷，近似于酷。她报出小区的地址和路名，问他去不去。雨天的出租车很紧俏,生意都很好,空不下的。他空车在这里,应该有一个缘故,不一定会拉她。不过,问一问总是没关系的。

走吧。

她拉开车门,收起伞,坐到副驾驶的位置上。

怎么走?

听你的。

她闭上了眼睛。

二

一盒十只。够用一年了。上次买这个,应该是去年了吧。也是一盒十只,上周刚刚用完。尽管做的次数不多,可如果因为没有准备而出了事,那受罪的还不是自己?以前又不是没受过那种罪。

不过,现在想想,受那种罪的时候,倒是好时候。现在,做爱,这个词,对她来说已经越来越没有实际意义。丈夫已经不行了。其实也不能说完全不行。他是有时候行,有时候不行。从根儿里看,她觉得这该算在不行的行列中。就像谁说的,这世上除了穷人就是富人,没有不穷不富的人。那些不穷不富的人,从根儿里说,就是穷人。

床上这点儿事,她往深里寻思过无数次。男人女人都不容

185

易,但在她的意识里,似乎男人还是比女人更不容易。女人除了例假那几天,根本不存在行不行的问题,顶多就是心情好不好、有没有兴致之类的软条件。可男人呢,那状态赤裸裸地在那里亮着,一丝不挂。真正的行和彻底的不行都站位分明,无须多论,最难受的就是在行和不行之间。因为有时候行,所以不甘心不死心,总想试试。又因为有时候不行,便又如畏炙火。这种分寸,着实尴尬。

本就是话少心淡不苦不甜的一般夫妻,这尴尬让他们朝一般下滑了一些,添了些往低处去的不一般。虽然事情在那里明摆着,他却从不主动说,她也从不主动问。他小心翼翼地招呼着她,怕她看出他的颓败。她也小心翼翼地招呼着他,怕他看出她的失望。他偷偷地吃着中药,她只当作不知道。可她怎么会不知道呢?那么尖的鼻子。她甚至能辨析出那些药的前调中调和后调。

三十如狼四十如虎,她现在也算是一只老虎了吧,母老虎,总是饿着的母老虎。饿极了的深夜,她胡思乱想,想在网上找个陌生人上床,或者在那些传说中的酒吧里找个男人试试,想着想着就把自己想出一身汗来。他也是这样吧?男人可是太方便了,只要有钱就可以。他即使没胆儿,肯定也想的吧。话风里都能听出来。

都说烧香拜神,不如床上换人。咱们也换吧?那天,他喝了酒——应该是药酒吧——和她开玩笑。当然,玩笑里都有真话。没有无缘无故的玩笑。

想换就换呗。

那我可就去换了。

我也去。

你不准!

你不是说"咱们"吗?

"咱们"不包括你。

只许州官放火,不许百姓点灯?

对。你就那么想点灯?

不是你先提的吗?

……

吵完了架,她下床要去书房睡,他倒是来了兴致,说有了感觉,讪笑着拦住她,连忙爬到她身上。忙碌了很久,终于还是沮丧地滚落下来。她听着他的呼噜声,静静地躺到深夜。

丈夫丈夫,一丈之内。他倒是常在一丈之内的,可他明明就在眼前晃着,吃喝行走,给她的感觉却总是那么不相干。不过,结婚二十年了,也该到这个份儿上了吧,尤其是他尴尬了以后。两人为了丁点儿事情拌嘴,不定是谁会说一句"不过了",另一方也会说"不过就不过了"。同城的大学同学喊她聚会,三个离婚的女生里,有两个看着状态还很不错,引得她欲念萌动:要不,就真的离了吧。反正到了如今，离婚只是寻常，不是刀山火海。

可到底还是过了下去，一天又一天。最结实的理由是女儿正上高二，好歹得等她上了大学。可等她上了大学就有决心离了吗？恐怕也难。毕竟到了这个年纪，也老夫老妻了这么多年，多少有些顾忌在的。若不是什么要紧的缘故推一下，还真不好朝离那个字挪步子。

三

车狠狠地一顿。她睁开眼，看见一片俗艳的霓虹灯，灯光丛林里，闪烁出"刘庄环球大酒店"的字样。刘庄是北三环外的城中村，和她家的方向是南辕北辙的。这一不留神，怎么就到刘庄了呢？

喂，师傅。她喊。

"莫西干"像没听见一样，把车拐进一条岔道。车速很快。这条路没有路灯，在黑暗中，车只顺着自己的光狂奔，充满了粗暴的绝望。

她被甩了几甩，下意识地抓住右上方的把手。

师傅！她又喊。突然知道发生了什么。

我没钱！她听见自己的声音歇斯底里。

车仍然很快。她想拉车门跳车，纠结了片刻，到底不敢。当车突然停止时,她才想起要去摸手机,可是已经迟了。他一把抓走了她的手机。

别乱动。惹恼了我,弄死你!

声线低沉,音调震慑,因为太想震慑这震慑反而显得有些中空,微颤的尾音消失在空气里。他在怕吗? 第一次?

我没钱。她说。尽量让自己的气息平和。疯狂是可以传染的。不能传染。

我只想撒个火。你听话就好。

撒个火? 什么火? 她疑问着,在疑问的瞬间也便突然明白。

他下了车,走到她这一边,一把把她从副驾驶的位置上抓起来,塞到了后排。先扒掉她的衣服,接着扒自己的衣服。

这个过程中,她默默地把双拳攥紧,又松开。松开,再攥紧。冷静,冷静。她对自己说。远远地,她看了一眼刘庄方向霓虹灯的灯光。每次向北出城的时候都会路过刘庄,那些小饭店的招牌她很熟悉,花花绿绿的,档次很低,但是也可以推测到那种饭菜里特有的泼辣香味。有好几次都令她有一种冲动,想下来吃一顿饭。可是到底没有。

不知为什么,此时,那片远远的灯光,竟然让她多少获得了一些安全感。这种安全感很荒谬,可是毕竟也是安全感。她又看了一眼。

很快,他也扒完了自己的衣服,压到她的身上。他的头发上,还挂着湿淋淋的雨珠,清新,生鲜。他那么年轻,就像一头矫健的豹子。

——她看起来也算年轻。也许是经常蒸桑拿和敷面膜,她的脸上没有一丝皱纹,身材管理得也不错,不胖不瘦。可是她知道,自己已经老了。当她不再想试牛仔衣裙的时候,觉得蕾丝花边儿很多余的时候,读文章只关注形容词后面的主语的时候,她一天比一天地确认,自己已经老了。静下来的时候,她甚至能感觉到身体里缓慢地散发着酸朽腐臭的衰老气息,这气息现在还很微淡,于是她勤快地喷洒着香水,每天都喷。她的香水用得很快。

这个"莫西干",是不是被自己的脸和香水蒙骗,以为自己还年轻?

刚刚,她还很害怕。但在这一瞬间,她不那么害怕了。虽然这种不测是她生命里诸多的第一次:第一次在这黑夜的郊外,第一次在车上,第一次和一个完全陌生的男人。

他散发着温度的身体,他浓烈的男人体味,让她的害怕渐渐消散。还有,这一刻,这个人,和她一样,不着片缕,赤裸如婴孩——如果不是这样的事,她恐怕再也没有机会接触到这么年轻的男人了吧?以赤身裸体的方式。

她突然想到了包里的安全套。也许应该提出给他用?不过,还是算了吧。这太可笑了。

他停了下来。她感觉到他的软。原来是他不行。他也不行。可是他这么年轻。

他离开她的身体，坐起来。怎么回事？他自言自语了一句，又自顾自地摸索了一会儿，便又爬了上来。她任他动，自己不动。默默地躺在那里，如一具尸体。

还是不行。他又坐起来，开始抽烟。车厢里弥漫起懊恼的烟雾。她咳嗽了起来。他降下车窗。

冷吧？他说。拿过凌乱的衣服，遮住她的身体。仿佛此时她的裸体的白刺到了他。

她沉默。

你肯定觉得，我是个坏人吧？叹了口气，他开始说话。好像她是他的朋友。她沉默着倾听，好像她真是他的朋友。可是他知道，她也知道，他们也都知道彼此的知道：不是的。他说是他说，她听是她听。他要说便说，她也只能听着。

他说他大专毕业就留在了郑州，漂了八年，开出租车已经有三年时间，没挣着什么钱，每次回老家都抬不起头来。老家的同龄人都生孩子了，就他既没挣着钱也没成了家。他越来越少回去，在这儿也待得没着没落。前些时谈了个女朋友，打车时认识的，他迫不及待想结婚，那女孩不肯，怀孕了都不肯，硬生生把孩子打掉。两人吵了又吵，昨天彻底谈崩，分了手。他恨女人，恨得要命。一股恶气憋在心里，让她碰着了。

对不起。他说。

黑暗中，她静着脸。难道回他一句没关系？

有时候，开着车，我就想撞个人。让他死，我也死。

谁都不容易。许久，她说。

你过得，怎么样？他问。

他在问她。她简直有点儿想笑，便闭紧了嘴巴。到底是年轻，他可以三言两语大刀阔斧地总结自己的日子。可是她的日子，又能跟他说什么呢？她不能，也不想。更何况，他对她也不是由衷地关心。这种问，本质上只是一种礼仪。不过也因了这种礼仪的存在，似乎证明着此时他和她的非常状态正在趋于正常。她渐渐心安神定。

就那样吧。她说。

他把烟头扔到车外。

咱们走吧。以最温柔的商量语气，她说。然后以最小的动作幅度，她悄悄地调整着身体的角度，想要开始穿衣服。黑暗中，她感到他看了自己一眼。

再试试。他说。然后他又靠拢过来。在碰到他的一刹那，她知道，这次他是真的行了。

这样，不好。她说。

别废话。

他的硬暖暖地烫着她的大腿。好吧，好吧，好吧，好吧。她默默地把这两个字念了几遍。

等等。她说:那,用套行吗? 我有炎症。

你是鸡?

仿佛挨了一记耳光,脸上痛辣。她隐忍着声调:不是。

那怎么装着这个?

刚刚买的。她说。

你从药店出来,买的就是这个?

她没回答,从包里摸出来,撕开盒子,打开一只,递给他。他接过来,在微暗的光里,似乎是看了一下,然后把它撕开,戴上。再次过来的时候,他抱住她,开始亲吻,她躲开他的嘴唇,他也没有坚持。然后,他进入了她。她鲜明地感觉到那一层薄薄的乳胶里包裹的热。

他很猛烈。不管不顾。年轻就是年轻,也或许是所谓的超薄延时的功效,她感觉他做了很久。到底多久也说不上来,二十分钟,或者半个小时? 她的丈夫,在行的时候,也从来都是五分钟完事。

起初她还有着本能的反抗。是因为到底还是有些害怕,也是因为觉得自己应该反抗——这似乎也是一种礼仪,被伤害者面对伤害者应当表现出的一种起码的礼仪。而害怕又让力度不大的反抗显得有些徘徊和微弱。随着感觉中的时间延长,势单力薄的反抗很快便土崩瓦解,乃至烟消云散,转化为无声的顺从。狭窄的空间里,体温急剧升高,顺从里又渐生成小小的放纵。在这郊外,黑暗的车内,酣畅的雨中,暮春已是盛夏。小小的放纵如遍地野花,开在她的身体上,这儿一朵,那儿一朵,这儿一丛,那儿一丛。然后,放纵狂野绽放,面对一个陌生的男人,她成了一个野人。

莫非,是因为那个安全套?无论如何,这个小玩意儿功不可没。因了它的存在,她可以不觉得自己是在失身,他呢,应该也可以不觉得自己是在施暴。以此为据,他和她默契配合,狼狈为奸。——既能免怀孕之忧,又兼顾了阳具的清洁,甚至可以让她在这种时刻进行虚浮的自我安慰:他进入的只是乳胶,不是她的身体……这小玩意儿,真是值得赞美。

整个儿过程中,她目不转睛地倔强地看着他,看着他在暗光涌动的车里晃动的身体。他的身上汗水涔涔,他的手臂微微颤抖。他在对她使蛮力,他在强迫她,她在受伤害……她知道这种非常规的场景适合这些常规的描述。可被他紧紧抱着,任他在体内冲撞,她又觉得,不是这样。

——这个人,这个貌似强悍的犯罪者,他在做。而自己,这个貌似弱势的受害人,在被做。被做的人,是可怜的人。可是,不知道为什么,她竟然觉得,他也很可怜。比起来,甚至他似乎更可怜。

四

事情结束的时候,雨还在哗哗地下着。她默默地盯着雨行,一道,两道,三道……数不过来了。他胡乱擦了擦,把一团手纸和那个安全套扔到了车外。然后他很快又穿好了衣服,动作迅猛,带着一股呼呼的风声。

她慢慢地坐起来,穿上衣服。

你,不会报警吧?"莫西干"突然问。

不会。当然要这样说。她想起媒体上报道的那些机智女孩斗歹徒的故事。女孩被歹徒追踪胁迫,女孩装出关心歹徒的样子:你这么做一定是不得已,我能帮你什么呢?答应帮歹徒筹钱。歹徒胁迫她的时候,匕首把手指割破,女孩说得赶快买创可贴免得感染。歹徒觉得女孩太善良,便把她放了。还有女孩对歹徒说自己是处女,要托付终身,留下联系方式第二天见面。毋庸置疑,第二天等待他的一定是手铐。

她们当然聪明当然对,为了自保当然应该用欺骗对付侵犯自己的人——她忽然想起大学时候老师在课堂上讲的哲学故事。苏格拉底问路人,说我有一个问题弄不明白,向您请教:什么是道德?路人说,不欺人是道德。苏格拉底问:和敌人作战时,我军千方百计地去欺骗敌人是否道德?路人说,欺骗敌人符合道德,但欺骗自己人就不道德。苏格拉底说,当我军被敌军包围时,四面楚歌,将领就欺骗士兵说援军立马就到,士气果然大振,突围果然成功,这种欺骗也不道德吗?那人说,战争是非常时期,无奈如此,符合道德。日常生活中这样做就不道德。苏格拉底又说,假如孩子生病不肯吃药,作为父亲你欺骗他说,这不是药,而是一种很好吃的东西。这也不道德吗?那人只好承认说这种欺骗也符合道德。苏格拉底又问,可见诚实可以是不道德,欺骗也可以是道德。也就是说,道德不能用欺骗与否来证明,那究竟用什么来证明它呢?那人想了想,说:不知道道德就不能做到道德,知道了道德才能做到道德。苏格拉底这才满意地笑起来。

她也笑起来。这会儿了还在想这种问题,她觉得自己也是真够扯的。那些女孩没错,上当的歹徒也是活该。——她突然觉得,活该这个词在她这里,多少有些觉得他们不争气的意思。既然做了歹徒,就该认认真真做个彻彻底底的歹徒,怎么还会相信对方的话呢?羊不能相信狼,狼也不该相信羊的。狼如果相信羊,那一定是因为这狼不是真狼。可不管是不是真狼,既然披了狼的皮,做了狼的事,就别再使用羊的规则,否则就只能证明你终归不过是一头羊而已。尽管这种披着狼皮的羊也确实有让人疼惜的地方。

真的不会吧?

嗯。他这么追问,真幼稚。"惹恼了我,弄死你。"她又想起他这句话。此时,她完全明白了这句话的外厉内荏,虚张声势。

也不要对别人说。

嗯。这叮嘱更幼稚。幼稚的事物往往显得干净——可是,到底干不干净,谁知道呢?她又一次想到了包里的安全套。它那么薄,还真不愧号称超薄。如果她没记错的话,它的厚度——不,应该说薄度——是零点零一毫米。

咱们,走吧?他问。

嗯。她应答。

他启动车,向刘庄的方向奔去,到了有路灯的地方,他的车速慢下来,有些迟疑的意思。这是想要把她撂下吗?

这附近不好打车。我回家。她说。

他看了她一眼,没有说话,把车加速。此时的城市交通正进入一天里最好的时候,仿佛是赶上了绿灯波。几乎没有停顿,车开到了她家的小区门口。

她下了车。

那,我走了?

嗯。

他便疾驰而去。两个人没有道再见。她拿出手机,在记事本功能里把他的车牌号记了下来。

你,不想报警吧?她突然想起"莫西干"问她的这句话。这句话有意思。不是"不许报警"之类的强硬恫吓,似乎是在跟她商量,也似乎是在和她确认。不想报警?凭什么?她当然想。不过,事情发生时的一瞬间,这个念头最强烈,这会儿已经弱了下去,混混沌沌地、不明就里地弱了下去。

五

回到家,丈夫正半躺在客厅的沙发上看电视。

回来了?

嗯。

怎么这么晚?

这是他惯常的随意口气。堵车,逛街,同事聚餐,朋友请吃饭,这一类的借口都可以应付的。她假装没听见,放下包,去了厨房。没什么事做。她走到冰箱前,打开冰箱门,又关上。一股凉气蹿了出来,冰箱里的灯光也随之闪烁了一下,那光也是冰凉的。她忽然想起一句不知道在哪里看到过的俏皮话:"如果半夜吃东西是不好的,那为什么冰箱里还要亮着灯呢?"

灶台很干净,只有几滴小小的水珠,她拿起抹布,擦拭着那些水珠,一下,又一下。卫生间和厨房紧挨着。她放下抹布,去了卫生间。在化妆镜前,她久久地看着自己的脸。结婚这么多年来,她第一次和丈夫以外的男人性交——无论是自愿还是被迫或是在自愿和被迫之间,这就是性交——这张脸和以前有什么不同吗?

你过得,怎么样? 脑子里突然又蹦出"莫西干"的这句话。她无声地重复了一遍,对着镜子摇摇头。

敲门声响。是丈夫。她走过去,把门打开。

你怎么了?

没怎么。

干吗把门反锁上?

她没注意这一点。他这么一说她想了起来,以前他们两个在家的时候,她似乎是从不反锁门的。

说话呀。

她又走到化妆镜前,一边压着洗手液,一边忖度着该怎么去应付。按常理出牌自是按常理收牌。今晚的事情是一个大洞,全靠她的针线。只要她胡乱找块补丁缝补上,日子也还能破破旧旧糊糊涂涂地过下去。可如果不按常理呢? 如果她就是不补呢? 就是让他看见这个大洞呢? 他会是什么反应? 事情走下去又会怎么样? 从"莫西干"的车上下来,走回家的这段路上,这点儿好奇心就闪闪烁烁地试图作祟,此时忽然不可抑制地壮大起来。

问你呢。俨然是被她的沉默勾上了劲儿,丈夫跟到她的身边,眼神既不满又疑惑,一副等待合理答案的样子。她看着镜中的自己,还有镜中的丈夫。现在,这小小的卫生间里已经装了四个人,不,是五个,满满当当的,连空气都稀薄起来了。

她知道,应付的最佳时刻已经不复存在。这事情已经是一块巨大的石头,任这大石挡着路,他们过不去。什么时候不说,就什么时候过不去。说了虽然很可能更是过不去,但那就是另外一种过不去了。——未说时,石头是需要用锤子砸的石头。若是说了,石头纵使没被砸碎,仍然横在路上,绕开它却能够变得顺理成章。

第一锤终归是要砸下来的。

那就说吧。

对着镜子,她开始说,一句,一句。时间不长,应该很短。一两分钟?两三分钟?时间,地点,人物,事件。一二三四,简明扼要。

等她说完,丈夫转身走了出去。她又站了片刻,便跟着他走到客厅。客厅的灯全开着,雪亮地照着他们。她忽然想起一个词:灯下黑。

她先坐下来,仰视着他。丈夫虚弱地高大着,看起来有一种强烈的不真实感。

他走的路不对劲儿你都不知道吗?他终于开口。

睡着了。

坐出租车还睡得着?

有点儿累。

做什么了就累？

上级要来调研，加班准备材料。昨天也加班了。

他像在审她——他就是在审她。从第一句开始。

发现不对劲儿怎么不喊人？

周边没人。

反抗了没有？

没有。

怎么不反抗？

他威胁了我。

怎么威胁的？

说会弄死我。

——这句话，突然变得很重要。

丈夫站起来，走到窗户边，把窗户推开，又关上，再推开。然后又回身坐下，拿着手机，一下一下刷着屏。他的手在手机上忙乱不堪，脸上也忙乱不堪，所有的微表情都捉襟见肘。

报警了吗？他终于又问。

没有。

怎么不报？

想着回来跟你商量一下。

应该报警。打 110 吧。他说。摩挲着手机，一副要去拨号的样子。

他想去报警了吗？她有些意外。原以为他不会去报警的，可他居然想去报警。他这样一个最没有棱角的人，在这件事上，居然还会有勇气去报警。这太出乎他的行事原则。当然，也许他不是因为她，而是因为自己。一个男人被戴了绿帽子，是可忍孰不可忍。不过，即使只是因为这个，即使只是因为他还有这么一点儿血性，这也能让她对他保持住一丝敬意。

报完警后你去一下医院。

干吗？

检查一下。

不用。

还是去查一查吧。丈夫顿了顿：那么脏。

我觉得不用。她也顿了顿：用了套。

用了套？

嗯。如果报警的话，明天在案发地应该能够找到。

随身携带着这种作案工具，真是个老流氓！丈夫感叹着，口气里似乎有一丝如释重负。

她犹豫着说不说。再一想，其实也没什么可犹豫的。既然已经决定报警，安全套的细节他迟早也会知道。与其那时候让他知道，不如索性在此时就让他知道。

安全套，不是他的。

什么意思？

是我给他的。她从包里拿出那包安全套:我先买了它,后来打的车。

六

结婚之前,他们就开始用安全套。他们的订婚和结婚隔着三个多月。大事已定,那一段时间里,彼此心里都很踏实,他们便开始上床。第一次,他很用心地准备了安全套。他们脱光了衣服,他背过身,小心翼翼地往上戴,有些羞涩。她偷眼瞧着,觉得他笨拙得可爱。他戴好了,两人交接,一时间他却找不到要害,慢慢地软了。她大约知道,却不好意思来帮他。于是他又把套摘下来,在她身上摩挲,慢慢硬了,再去试。就这样,软了硬,硬了软,摘了戴,戴了摘,他大汗淋漓,她也大汗淋漓。

结婚后没了顾忌,安全套便被冷置到了床头柜里。到底还是不戴痛快。不久她就怀孕了,生过孩子后,他们开始计算安全期,可安全期却不是万无一失的安全,她又怀孕,只得流产。再怀孕,再流产。她坚决让他再戴。每次的安全套都是她给他准备好,放在床头。用完了也由她去买。他戴了一两年,终是嫌不尽兴,便让她戴环。她不想,觉得金属环放在自己的肉里,有一种诡异的寒意。却拗不过他,还是戴上了。果然不适。小腹偶尔会痛,经期过长过短,流量忽大忽小……将将就就的,一直戴了十来年。年过四十之后,她找到一个医院的熟人,把那环取了出来。此刻,客厅煞白的灯光下,她想起了那个环。想起它被血淋淋地摆在一个白托盘上的样子,想起那个取环的女医生脆生生地说:你看。

怎么想起来要买套?

家里的正好用完。

当时,你害怕不害怕?

他说了那么多话,这似乎是唯一体贴的一句,却有些没头没脑。她的泪水噙到了眼眶,没落下来。

我想,你应该不是很害怕,不然不会这么冷静。

泪水回收。

怎么能这么冷静?他又问。她这才明白过来,这一句才是他想问的吧。

没错,她当时算得上冷静。这冷静有问题吗?如果不冷静会怎么样?不堪设想。

应该冷静。她甚至为自己的冷静而有了稍许的庆幸。脑子里浮现出郊外黑暗的车里,她和"莫西干"的疯狂交媾,不由得有些惊讶于自己的无耻和强悍。那个女人是自己吗?真陌生。可是又无比熟悉。——那也是自己。是自己外的自己和自己中的自己。她确认了这一点,同时更加冷静。

他说他只想做这件事。既然知道了他的目的,我也就不那么慌了,就想到了刚买的套。如果一定要受伤害,那不如让伤害降到最低。我就是这么想的。

没想过要反抗吗?

最开始想过,后来放弃了。反正打不过他。

你怎么就那么相信他的话? 如果他不只是想做这件事呢? 如果他是想要你的命呢?

如果我不相信他,我就得拼命反抗,就有可能死。那个时候,我只能相信他。

你也想相信他,是吧?

对。她说。

丈夫站起来,站在那里。好像是想说什么,又好像不知道该说什么。就那么站了一会儿,他拿起了车钥匙。

走吧。

去哪儿?

现场。

他朝门外走去,斩钉截铁。她跟着他走出门。现场,前面的定语应该是"犯罪"吧? 犯罪现场。她想起"今日说法"之类的电视节目里经常会有的镜头:戴手铐的犯人来到某座房子某个山头或者某个深坑,用手指着,被拍摄定格。

——毫无疑问,犯罪嫌疑人应该是那个"莫西干"。可她为什么更觉得是自己?

雨已经停了。大街上的车比刚才更少,他们很快到了刘庄附近。她指着拐进了一条黝黑的岔路,似乎不是。退出来,进到另一条岔路里,似乎还不是。她这才发现,黑夜的郊外,岔路很多。

没有再继续找。返回。

你是说,你又坐他的车回的城?

没有别的车,这么远的路。还下着雨。

她知道自己又给了他一个把柄。可难道她就应该从黑漆漆的郊外走回来,一步一步走回来?

他铁着脸,默默地开着车,一个又一个急刹。刘庄渐渐远去,他们进了城。她觉得其实并没有人载她回来,她仍孤零零地置身于荒野之中。

七

她很自觉地到书房去睡。这样的气氛里,必须得分开睡。以往他们吵了架,或者她来了例假,他们都是这么睡的。更何况是这样的事。

整个晚上,她去了两次卫生间。第一次路过他们的卧室,她没听见丈夫的呼噜声,知道他没睡着。他只要睡着,必然会打呼噜。他还在琢磨这件事吧?确实也够他琢磨的。第二次路过的时候,他的呼噜声已经震天响了。他把事情想明白了吗?

她想了一夜,却没想明白。和丈夫这么多年的事在脑子里一幕一幕回放:结婚那天撒到他衬衣领子里的红绿彩纸屑;女儿周岁生日那天下着大雪,他们跑到照相馆给女儿拍纪念照,结果正照相时女儿拉了一泡屎,他慌忙撂开手,差点儿摔了孩子;第一次吵架后,她半夜摔门而去,他出去找她,其实她就躲在家门口附近的一棵树后。以后再吵架,她故技重演,他就再也没去找过她……青春萎谢,人到中年,他们一眼眼地看着对方老去,像腌制在同一个瓦罐里的咸菜。这只是她的感觉吧,他似乎从不这么想。所以他才更像是咸菜,而她是不想当咸菜的咸菜。她看书,练瑜伽,女儿高中寄宿后,她的空闲多了,还捡起少年时迷恋的毛笔字和中国画,报了一个成人书画班。她还喜欢看韩剧,看那些要死要活的爱情。他对此嗤之以鼻,问她:你还有什么花花心思吗?

她不答。羞于出口。是的,她有。她还渴望着爱。她当然知道,这么过下去,她和丈夫的日子就是所谓的平平淡淡白头到老,完全有可能终结成为所谓"最浪漫的事"。很抱歉也很遗憾的是,她不稀罕这个。不过,她当然也知道,她想要的爱,也不稀罕她。那还能用什么来安慰日子呢?当她感冒发烧的时候,他给她找药,递给她一杯白开水,给她报温度计上的度数,每当这个时候,她就告诉自己,就是这些吧。当女儿要他们去开家长会，她刚好出差不能去而他能去的时候，当他回来喜不自胜地说班主任如何表扬女儿的时候，每当这个时候，她就告诉自己，就是这些吧。这些也能是爱吧——被人们普遍顺从和认命的，爱人转化为亲人之后的，最勉强成立的也是最处处可见的，爱。

早上，他们在餐厅见了面。他的脸色看着比昨夜好了一些。隔着餐桌，他们面前各放着一杯牛奶。是他倒的。给她倒牛奶这样的事，他只在新婚时做过。所以说，这杯久违的牛奶意味的其实是久违的客气。这种久违的客气，她嗅出了其中的复杂成分：是面对陌生人的客气，是准备出击时努力表现自身涵养的客气，是专款专用的客气。

还有些疑惑，想和你聊聊。他字斟句酌，郑重得让她微微恶心。

你说。

那个套，怎么就恰好在那家店买了？

如她所料，他又提起了安全套。也是，他怎么会不提呢？这是他的梗。大梗。

因为恰好看见了那家店。知道我为什么恰好看见了那家店吗？因为我眼睛恰好还没瞎。

许是被噎得太狠，他沉默了很久。

买也就罢了，主动给他，这有点儿奇怪。

已经到了那个地步，反正逃不掉。

所以就主动给他？

他要是有性病呢？有艾滋呢？如果能够避免更大的伤害，我不觉得这么做有什么不对。

他倒是也愿意戴。

可能他也怕我脏吧。

你还……挺理解他的。

谈不上理解，只是推测和分析。不管怎样……她喝了一口牛奶：我买了，他戴了，这种状况，不是最坏。

那以你的意思，也亏得你买了，也亏得他戴了？

对。

那还得感谢他呢吧。

对。她直直地看着他：那以你的意思呢？

我什么意思？

你是希望我冒着生命危险拼死反抗，还是希望我像现在这样安全回来？

他沉默。

是希望我拼死反抗吧？

我没有这个意思。

是希望我不但拼死反抗，还最好真的死了，然后再给我立一块烈女碑？

你看你说的。他的眼睛里跳跃着细细碎碎的惊惶。

她死死地看着他:你昨晚的判断没错,当时我就是很冷静,一点儿都不害怕。有什么可害怕的?反正作为一个已婚妇女,性交对我来说,算不上是一件新鲜事。

你……他吃惊地看着她。

她的眼神突然癫狂起来:这么问来问去,你的意思不就是说,我很贱吗?你的意思不就是说,我很愿意被他强奸?你的意思不就是说,你太差劲儿了你满足不了我所以我一直很饥渴很淫荡所以我从内心深处就一直想被人强奸?!

你疯了。丈夫说。他起身离开,走进卧室,响亮地关住了门。

原本一直尽力埋如岩浆的泪水终于奔涌炸裂,决堤而出。携带着疼痛,还有屈辱。层层叠叠的屈辱。对于"莫西干",她知道,无论她如何冷静面对如何平安归来,也无论她在和他交媾的过程获得了多少难以言喻的快感,这些都不能抹杀她的屈辱。而对于丈夫,她也知道,往昔所有用来安慰日子的那些东西,都不能成立了。对于他,她以前只是忍耐。现在,连忍耐也碎为齑粉。她到底骗不了自己,她到底得承认,和这样的亲人之间,所谓的亲人之间,简直不能更陌生,也简直不能更遥远。

不过,也好。

她哭了很久。然后,她停止了哭泣。

丈夫从卧室走出来,重新在餐桌边坐下。

别太激动了。他说。

她拿起杯子，又喝了一口牛奶。

还是说说报警的事吧。他说：毕竟，这事情发生在你身上，还是要尊重你的意见。

她等待着。

你想报警吗？

不想。

为什么？

她沉默。报警的原因很简单：因为是受害者。不报警的原因呢，太多了：白白让警察多了些麻烦，让熟人多了些谈资。"莫西干"和她，他们的生活从此都会被彻底毁掉。"莫西干"不用说，除了进监狱，还会进十八层地狱，而后者会让他永远不能出狱。她呢，除了收获冷冰冰的憎恶和假惺惺的同情，还会得到什么呢？

你过得，怎么样？她又想起这句话。到那个时候，一定会有不少人这么问她吧。见一次问一次，附送着幸灾乐祸的叹息。当然，她和"莫西干"也都会被鄙视，"莫西干"被明着鄙视，她被暗着鄙视。

"按照法律……"会有这种调调的，她很熟谙。是啊，按照法律，她知道自己立场不对，是非不分，妥协苟且，姑息养奸……但是，省省吧。法律是法律，法律负责关押、审判、定罪和量刑，

211

法律不负责眼神和口水,更不负责你柴米油盐酱醋茶的一切后续生活。

我的意思呢,也是不报警。他说。

她点了点头。这才是他。他应该已经决定和她离婚了。若是假装没有发生这件事,他们的离婚就是一桩正常的离婚,感情破裂这一条就足够用。若是不假装呢?若是报了警,事情公开呢?她就成了一个受害者,明晃晃的受害者,他想离婚,这就难以说出口了。按照他在想象中赋予自身的高尚美德,他就得善良下去,宽容下去,大方下去,对她不离不弃下去,然后越陷越深,很有可能得表演一辈子。而作为最重要的观众,她也得看他表演一辈子,不然就是辜负了他。

所以,他的选择,一定是不报警。

他清了清嗓子,开始娓娓道来:以现在的条件,破案应该不难。关键是案子破了以后怎么办?对你,对我,尤其是对女儿的恶劣影响暂且先撇开不谈,最麻烦的,就是那个安全套。不但是你买的——警方找证据链的时候,药店不会给咱们做伪证的,这个不好赖——买也就罢了,最要命的是,还是你主动提供给他的,这个就太不好解释了。你想想,一旦开庭,对方律师一定会说,你是自愿的。你能说是为了不让自己受到更大的伤害吗?你能说是为了预防性病和艾滋吗?这听起来不是滑天下之大稽吗?在中国,总还是传统的人多,能想通这种偏理的人,有几个?

212

他目光灼灼，唾沫飞溅。她从来不曾发现他的口才有这么好。

想不通啊。是不是？

不通就不通吧。她说。

我呢，还是尊重你的意见。毕竟，你是当事人。他又说。

不报。她说。

你，不想报警吧？她又想起"莫西干"的这句话。现在她似乎明白了，"莫西干"这么问，其实就只是在确认。他在确认她不会去报警。——也许，就因为她主动给了他安全套。在他的逻辑里，这样的事情她都做了，她怎么还能报警呢？他虽然不拘一格地侵犯了她，但是，他也是丈夫所定义的"传统的人"，没错。

八

周末，女儿回家。一家三口饭桌上东一句西一句地闲聊，女儿说外教很有意思，上社会学课时跟他们讲，外国女孩子的包包里，安全套是常备品，以防不时之需。

他还用了个成语呢，说这叫未雨绸缪。厉害吧？

嗯，挺到位的。难为他。

他建议我们最好也备着。不过，"依照中国的国情，请回家和你们父母商量"——老爸,请发表高见。

丈夫起身离开了,似乎是在拘谨地回避。女儿撇了撇嘴:瞧我爸封建的。老妈,你说老外的思维是不是很有意思,歹徒要是非礼你,那会儿还会守这规矩吗? 守这规矩还叫歹徒吗?

放吧。她说。

什么?

放。

女儿拍手大笑:哎吆喂,我的亲娘啊,想不到您还真开明呢。

她也笑着,起身收拾碗筷。孩子成绩不错,一直是个小学霸。明年,她一定会读个不错的大学。那么,明年他们就一定会离婚的。那个时刻,值得期待。